N个国王和他们的疆土

N GE
GUOWANG
HE
TAMEN DE
JIANGTU

李浩 著

GUANGXI NORMAL UNIVERSITY PRESS
广西师范大学出版社
·桂林·

图书在版编目（CIP）数据

N 个国王和他们的疆土 / 李浩著 . —桂林：广西师范大学
出版社，2019.6
ISBN 978-7-5598-1764-8

Ⅰ . ①N… Ⅱ . ①李… Ⅲ . ①短篇小说－小说集－中
国－当代 Ⅳ . ①I247.7

中国版本图书馆 CIP 数据核字（2019）第 083864 号

广西师范大学出版社出版发行

（广西桂林市五里店路 9 号　邮政编码：541004 ）
　　网址：http://www.bbtpress.com
出版人：张艺兵
全国新华书店经销
广西广大印务有限责任公司印刷
（桂林市临桂区秧塘工业园西城大道北侧广西师范大学出版社
集团有限公司创意产业园内　邮政编码：541199）
开本：787 mm × 1 092 mm　1/32
印张：9　　字数：140 千字
2019 年 6 月第 1 版　　2019 年 6 月第 1 次印刷
印数：0 001~7 000 册　定价：52.00 元
如发现印装质量问题，影响阅读，请与出版社发行部门联系调换。

目　录

国王 A 和他的疆土

他恐惧夜晚。每个夜晚都让他恐惧,提心吊胆,仿佛里面埋伏着窥视的眼睛或种种的怪兽,它们总想趁着夜色的遮掩悄悄爬到他的身侧,突然地抽出锋利的匕首或龇开尖锐的牙齿。对于一直显得无精打采的国王 A 来说,夜晚根本就是一种恐怖的象征,他不知道如此巨大的黑暗之中会有多少他不知的、不可控的事情发生,他猜不到。

《搜异记》一书中提到,国王 A 生性多疑,他不肯信任任何一个人,无论那个人是他的王妃、儿子还是母亲。他甚至有一个习惯,某些边地的奏折他都是读过两遍三遍之后再从反面看,似乎希望从纸的"反面"读出些蛛丝马迹。而另一部更为荒诞的野史《刘氏本简谐录》则认为,国王 A 之所以多疑是因为他中了一种来自苗疆的蛊毒,在古老的

1

巫术的作用下,国王 A 每日的睡眠都是噩梦连连。

是的,国王 A 一直噩梦连连,每个夜晚他都会在噩梦中大叫着惊醒过来。正是这个缘故,国王 A 出现在朝堂之上的时候总是一副昏昏沉沉、无精打采的样子,他打着哈欠处理着大大小小的政务,而那些大臣们则越来越谨小慎微,生怕哪一句话、哪一件事会让烦躁的、倦怠的国王不高兴,发一通火。因为噩梦,国王 A 的脾气变得暴躁,这是不争的事实,就连他自己也早意识到了。他告诉自己的大臣,如果他因为急躁而做出什么错误的决定,一定要想办法及时地提醒——可是提醒有时未必有效,而且很有引火烧身的可能。

国王 A 恐惧夜晚。以至于,他在一吃过早饭之后就开始谋划如何应对夜晚的"即将来临"。这在整个王宫里都是一件了不得的大事儿。在王宫里,国王 A 的恐惧是有传染性的,他的王妃们、侍卫们以及太监和杂役们也都染上了这样的疾病。可黑夜还是会来临,国王 A 和居住于王宫里的每一个人对此都无可奈何。

每日黄昏,当黄渐渐少下去而昏慢慢多起来的时候,国王 A 总是指挥他的侍卫和太监将他抬到后花园里最高的一座假山上——在那里,国王 A 可以多占有片刻夕阳的余晖。因此,他的夜晚会比假山下面的王宫迟到大约三分多钟。(本来,国王 A 在某位太监的建议下试图将这座假山再次垒高,然而最终还是作罢。如果将假山垒高,下山的路就会变长也会变得崎岖,增加的反而是直接暴露于黑暗中的危险性,后来国王 A 考虑到了这一点,他不得不再做权衡。)

通常,国王 A 会在不断的歌舞、酒宴以及性生活中挥霍掉大半个夜晚,但用掉了大半个夜晚并不能完整地解决问题,还有一小半儿,那一小半儿夜晚更难处置。他甚至曾叫人在他的房间里设置了一面巨大的屏风,叫歌伎们在屏风的另一边彻夜弹奏——一旦入睡他依然会毫无抵抗地沉入噩梦中,而在乐声的"伴奏"之下他的噩梦反而变得更为清晰也更为恐怖。何况,歌伎们的乐声或多或少还是会影响到他,让他的睡眠变得更艰难更迟缓,在白天的时候则更是无精打采。于是在三个夜晚之后他叫人撤走了屏风和歌伎。那个晚上,没有了乐声,国王 A 睡得很实很香,但这一良好的状况并没有得到持续,之后的夜晚他又陷进了层出不穷的噩梦里。

有一段时间,他叫四个妃子和自己同睡一张床,那个并不宽大的龙床被压得吱吱呀呀,五个人挤得满是肉的气息,但仍然无法阻止恐怖像一根钉子一样插入他的脑子里。

肖王妃——颇受国王宠爱的一位妃子偷偷记下了国王 A 那些奇怪的梦。是的,她是偷偷记下的,她记下来的本意是试图找寻其中的规律,以便更深地了解国王,理解国王,更好地俘获国王的心。肖王妃颇受国王 A 的宠爱,一度,国王 A 与她无话不谈,引为知己,所以每次国王 A 和她睡在一起都会在起床的时候和她说一说自己的梦,而等他讲完,也一定会加上一句,不要对别人谈起(也许,恰恰是这句"不要对别人谈起",让肖王妃动了悄悄记录下来的心思)。

悄悄记下来,不可外传——肖王妃当然懂得,她做得小心翼翼,以至于除了自己绝无另外一个人知道这些记录的存在。而之所以有了外传,是因为国王 A 竟然毫无征兆地失踪了。为了寻找国王 A,为了给宫廷里的侍卫、太监、宫女们和心急如焚的大臣们提供一条或许有用的线索,肖王妃将她记下的那些拿出来,呈给了王后。

它当然提供不了半点儿有用的线索,没有人能从那些奇怪的,充满着可怕、血腥和恐怖的梦里找到国王 A 消失的踪影,没有人能找得到。这些梦,似乎只能证明国王 A 在失踪之前已被噩梦的绳索缠上,并不能证明别的。它,最终成为当时大臣们、侍卫们茶余饭后的笑料,而且流向了民间。

这些被记录下来的噩梦之所以能流传到民间,当然和国王 A 的失踪有关,那些各怀心事的大臣们就如热锅上的蚂蚁,某些一时不慎或者有着别样心思的大臣竟然毫无防备地将肖王妃记下的梦散播到王城的各个角落,得到消息的王后那时已经无力控制——那时,这个王国即将登上王位的新国王正在路上,他正带着一支两万余人的精锐部队从边关星夜赶来。那时候,距离国王 A 的失踪仅有三天,而距离他登上王位、成为新国王的时间也只有三天。

他是国王 A 的一个弟弟。

是的,如果不是国王 A 的消失,他也许永远不会想到自己能够成为国王,并拥有这个王国的全部疆土——至少历史上是这样说的。他的那支两万人的军队,也是在路经临菑城的时候向当地驻守的将军借来的,那位将军考虑的是新国王的安全,所以他将自己的部队拨出大半儿交给了新国王。

成为新国王之后,国王A的这个弟弟也下令将外传出去的国王A做噩梦的消息收回,不允许再有外传,但倾覆出来的流水如何能够收回到已经破碎的瓦盆中?这一命令并未得到良好的执行,国王A的噩梦顺着官道和河流越传越远。

现在,我们也来看看国王A的那些可怕的噩梦吧,看他都梦见了什么。

梦见1:背景是国王A的花园。兴致勃勃的国王A正和一个面容模糊的大臣下棋。那时天空晴朗,几只看上去仿佛是纸片的蝴蝶在花丛中悬浮着,它们自己并不扇动翅膀,似乎是风在吹动,它们在风中飘来飘去。

突然,国王A听见自己身后一阵冷笑,真的是冷笑,国王A感觉天气随着冷笑的声音骤然地变凉,而天色也跟着骤然地暗下来,那些蝴蝶们也在巨大的风中被骤然地撕成了碎片——天暗下来,那个面容模糊的大臣变得更加模糊,国王A试图看清楚他的脸却怎样都看不清楚。就在国王 A 凑近去看时，面容模糊的大臣站起来，这时国王 A 才发现原来冷笑声不是出自背后而是出自这个人的口中，他一步步朝着国王 A 逼近，国王 A 看见的是他的两颗巨大的、闪着寒光的牙……

梦见 2：军机处，国王 A 在和几个大臣商议一件好像很重要的大事，大家各抒己见，争执不下——他们争吵着，争吵着，话语稠密得像一团团的棉絮，国王 A 突然发现自己根本插不进嘴去——"你们不能这样，你们把我放在了什么位置？我的话，你们怎么不听呢？"国王 A 不得不大喊，冲着他们的背影大喊，但是他们依然我行我素，根本没有理会。"你们怎么能不听我的话呢？"国王 A 非常沮丧，他当然受不了这样的闲置，然而他也不得不接受这一事实。"好吧，你们商量。"沮丧中的国王 A 慢慢退到了一边，他决定去看鱼——军机处的院外有一个硕大的鱼塘，里面养着许许多多的鱼——"你们商量，我自己去看鱼！"国王 A 嘟囔着，可他小声的嘟囔却被那些大臣们听见了。他们说："好吧好吧，你去你去，哈哈哈哈。"国王 A 想，我去看鱼，你们笑什么啊，为什么要这样笑呢？真奇怪！

国王 A 想着，他的脚已经将他带到了门外。他看到了鱼,那些鱼也看到了他,它们像往常一样朝着国王 A 的脚边游过来。国王 A 俯下身子,这时水里那些温顺的鱼突然变了,它们变得硕大而狰狞,竟然骤然地扑向国王 A,国王 A 躲避不及,脚下一滑便滑进了鱼塘。那些鱼,一下子聚集在国王 A 的身侧,哈哈哈哈地笑了起来。

梦见3:一条有着奇怪花纹的蛇突然从房脊上掉下来,它把自己摔得满身是血,有些地方已经血肉模糊——它张着嘴,大口大口地吸着气,看样子已经奄奄一息。国王 A 吓了一跳,他大声呼喊着叫侍卫将它弄走,赶快把它弄走!但喊过之后,国王 A 忽然发现自己所处的屋子相当陌生也相当空旷,只有他一个人在场。"来人!"国王 A 又喊,依然没有一个身影,这让他更加恐惧更加孤单。那条蛇,在地上扭动着,它爬得地上一片黑红。"来人!"国王 A 喊着,他喊得绝望。没办法,国王 A 只好自己走过去,用手提起蛇的尾巴——

奄奄一息的蛇张大了口。许多血从蛇的口中涌出来,地上一片黑红,血晕染得很快,就像是会走的样子……这时,地上那些蛇血一起蠕动起来,它们变成一条条的小蛇——至少有上万条蛇,全身像血一样红的蛇。它们抬起了头,吐着长长的信子。那些小蛇长得飞快,只一瞬间它们就挤满了整间屋子,国王Ａ的头上、身上、手上、腿上都爬满了蛇……

梦见4:他梦见自己被人杀了。许多人都目睹了他的被杀,刺客是在国王Ａ的背后插入的刀子,而那些人,则在刺客的背后静静地看着。国王Ａ转过身来,他看到那个刺客正大摇大摆地走到人群的中间,周围的人给他让出一条小路,有意地让他混迹于其中——抓住他! 国王Ａ试图呼喊但完全喊不出声来。那些人看着,看着国王Ａ也看着刺客。"他是谁? 你们看清他了没有?"国王Ａ向人群询问,这次他感觉自己发出了声音,然而并没有谁回答。于是,国王Ａ只得忍着剧痛走到那群人的面前,问:"刚才那个行刺的人是谁? 究竟是谁?!"但没有一个人应答,有些人甚至把头偏向了一侧……

梦见5:他梦见一把刀子对他穷追不舍。他千方百计地躲闪着,可刀子总能追到他……

梦见6:国王Ａ在花园里。他摘下一朵花来,那朵花实在鲜艳,而且有着相当馥郁的香气。可就在国王Ａ将花摘到手上,将它凑近鼻孔的时候,那朵花突然收拢起了香气,飞快地变成了一颗狰狞的骷髅,而其他未被摘下的花则都变成了狂叫不止的牙齿……

梦见7:……

梦见8:……

梦见9:……

新登基的国王叫人四处张贴寻找国王A的告示,在告示中,他把国王A的失踪说得极为隐晦,说他在狩猎的过程中不幸与侍卫们走失,竟然再不见踪影……告示中,新国王向A国所有的百姓、官员们发誓,他发誓国王A无论何时归来,他都会主动向国王A交出这个国家和全部疆土,绝不食言;任何发现了国王A的踪迹并向当地官府汇报的人都将受到重赏;作为这个国家的新国王,他不允许任何人伤害国王A,哪怕是他的一根毫毛——无论是谁,只要让新国王知道他曾伤害过国王A,都将受到严厉的惩罚,诛灭他的九族。在张贴告示的同时,新国王还叫人找到国王A宠爱的肖王妃,叫她一遍遍地给自己讲述国王A的那些梦,听着听着,新国王就会晃动着他的脚趾哈哈大笑:"我这个哥哥,从小就胆小如鼠。我就想不通父亲怎么会把这么大的国家传给他。也实在难为他了。"

（不过，没用太长的时间，这种对夜晚的恐惧也传染到了新国王的身上。他先后杀了三十七位大臣，换了三千名侍卫，将王宫的墙加高了三尺，可那种恐惧还是在夜晚席卷而来。新国王对大臣的诛杀引起了三次严重的叛乱，在最后一次叛乱中他被赶进一口枯井中。乱军从远处提来了水，一桶一桶地倒下去，将他淹死在井里。这是后话，与国王 A 的故事关联不大。）

有关发现国王 A 的消息不断传向王宫，它们就像秋天里成队的白鹤。这样的消息实在难判真假，最初的时候新国王不敢大意，为此还成立了专门的机构负责——然而那些消息不过是镜花之影，水一动，那些影子便不复原来的模样。半年之后，新国王对那些消息也不再用心，他变得懈怠、麻木。有时，他在同一时辰里连续接到七个密报，在密报中，国王 A 分别在东、南、西、北等七个方位出现，地方官员也努力保证信息的精确，然而这位已经厌倦了种种消息的新国王却看都不看，将这七个密报一起投进了火炉。

它们变成跳跃的火焰，随后是灰烬。

两年后，国王 A 在距离京城八百余里的一座寺庙里出现了。那是一座极小的寺庙，也极为简陋，少有香火。然而失踪的国王 A 就在那里，他已经成了一名僧人，他被发现的时候正在清扫着寺门外的落叶。传递给新国王的密报中谈到，这个消息应是绝对准确的，因为发现国王 A 的行踪的人原是王宫里的旧人——一名宫女，她在出宫三年后成为人妇，若不是父亲病重她去寺庙为父亲祈祷，也许她永远遇不到国王 A。当地官员为了验证消息的可靠性也曾派出多人前去寻访，得到的答案完全一致：他，即是消失已久的国王 A。

当然不能全信，这两年里地方官员闹出的笑话实在太多了，新国王不能只听他们的奏报。于是，他派出自己的亲信和国王 A 亲近的旧臣前去打探，传回来的消息也同样确定：没错儿，是他。这事儿在当地已经传得沸沸扬扬。

得知这一消息的新国王兴奋异常。

他摘下自己的王冠，脱下龙袍，恢复旧日里的打扮，将王冠和龙袍一起放进了一顶小轿——其实不用特别昭告，新国王兑现自己的诺言要将国王 A 重新迎回的消息不胫而走，又是一番沸沸扬扬——只是苦了沿途的一些小吏，他们颇为忐忑地猜度该以怎样的礼节来迎接他们两个。

如果国王 A 真的被新国王说服重返京城,在接驾的时候他们是应先向国王 A 朝拜还是先朝拜肯让出位置和疆土的新国王?

这些令人纠结的问题并不在新国王的考虑之中,他一心要到山上去,到那个名为"惠泽寺"的寺庙中去,他要找到那个打扫积雪的僧人并将他拉回京城。被兴奋烧灼的新国王一直睡不好觉,他竟然梦见了国王 A 所做的梦——当他一脸惊恐从睡梦中醒来的时候负责伺候的太监并无多大惊讶,而是若无其事地将一条热毛巾递到新国王面前:禀告国王,我们大约还有两个时辰的路程。您看,我们是不是在中途歇息一下? 您实在是太累啦。

新国王赶到山上时已经正午。刚刚下过一场大雪,山上山下一片厚厚的苍白,提前到达的官员和负责打扫的差役立在路边,他们的脸和手都已冻得发红。就在新国王行至寺门前的时候,一场新的雪又开始纷纷扬扬地落下——也许不是真的又下了一场雪——只是风卷起了山上的积雪,然后又将它们重新洒在地上。新国王远远地看见了国王 A,他穿着一身破旧的灰色僧衣,正在簌簌发抖地打扫着地上的雪。他扫得用力。

不过国王 A 的努力从本质上讲是无用的。雪还在下，他扫起的雪在风中被重新刮了回来。刚刚扫过的地方，不一会儿，就又有了一层。

"三哥。"新国王赶紧上前几步，他绕到国王 A 的面前抓住国王 A 的手，然后慢慢地跪下去。他跪在雪地中。

国王 A 的脸上没有半点儿表情。他仿佛没有看见跪在面前的新国王。

他将手从新国王的手中抽出来，然后转过身，继续打扫着面前的积雪。被扫帚扫过的雪再也不是原来的那种白，它们沾满了灰褐色的土，变得肮脏。

他把雪扫得纷纷扬扬。

纷纷扬扬。

接下来的故事是一个众所周知的故事，关于国王 A，我们第一想到的便是那天在寺庙门口发生的事——不止一本史书曾对此有过记载，至于野史里出现的种种说法就更不用说了。让它获得更为广泛流传的是一出名为《让冠袍》的戏剧——对于每个人都已耳熟能详的故事我不想做过多的叙述，其结果就是国王 A 继续进行他的打扫，而新国王则带着失望在黄昏里下山。他未能说服国王 A，甚至国王 A 都没有听他说话。出现在寺庙门外和新国王见了一面的国王 A 只是一个普通的僧侣，他早已没有重新当回国王的心思，对于国家、权力与疆土，国王 A 都已厌倦。

（我不知道一个人如何能将自己的一切交给遗忘，即使它是深思熟虑之后的结果。仿佛经历了失踪之后他就变成了另一个人，他脱了胎也换了骨，那个昨天的他已经与他毫无关系。难道，记忆就没能给他留下一些痕迹？毕竟，他遗忘的是一个巨大的王国！）

然而，国王 A 做到了。他遗忘了他过去的一切，这一切当然包括他的王国、巨大的疆域、大臣、奏折和没完没了的政务、常有水灾和瘟疫的民间、活在后宫里的母亲和王妃们，包括花园里被他改变了高度的假山和山上的树以及姿态各异的奇石，也包括他爱喝的苦荞云雾茶，他所喜欢使用的纸和笔……在寺庙中，国王 A 做到了遗忘，他遗忘得那么彻底决绝，仿佛真有一刀两断这回事儿，仿佛一个人的记忆真的可以连根拔起，就连培育它生长的泥土也不剩下。

国王 A，在那座并不出名的寺庙里专心地做着他的僧侣,甚至可以说他比以往这座寺院里的任何僧侣都更像一名僧侣。

如是我闻。一时佛在舍卫国祇树给孤独园,与大比丘众,千二百五十人俱。尔时世尊,食时着衣持钵,入舍卫大城乞食。于其城中次第乞已,还至本处,饭食讫,收衣钵,洗足已,敷座而坐。

时长老须菩提,在大众中,即从座起,偏袒右肩,右膝着地,合掌恭敬,而白佛言:希有世尊,如来善护念诸菩萨,善付嘱诸菩萨。世尊,善男子善女人,发阿耨多罗三藐三菩提心,云何应住,云何降伏其心?……

观自在菩萨,行深般若波罗蜜多时,照见五蕴皆空,度一切苦厄。舍利子,色不异空,空不异色,色即是空,空即是色,受想行识,亦复如是。舍利子,是诸法空相,不生不灭,不垢不净,不增不减,是故空中无色,无受想行识,无眼耳鼻舌身意,无色声香味触法,无眼界,乃至无意识界……

复次,持国乾闼婆王,得自在方便摄一切众生解脱门;树光乾闼婆王,得普见一切功德庄严解脱门;净目乾闼婆王,得永断一切众生忧苦出生欢喜藏解脱门;华冠乾闼婆王，得永断一切众生邪见惑解脱门；喜步普音乾闼婆王，得如云广布普荫泽一切众生解脱门；乐摇动美目乾闼婆王，得现广大妙好身令一切获安乐解脱门……

　　每日早上，国王 A 会早早地起床，和其他的僧侣一起打扫寺院内外，一起打扫冬天的积雪、秋天的落叶、银杏树坠落到地上的果实，或者春天时分杨柳们丝丝缠缠的飞絮。早课，诵经的时间，国王 A 和其他僧侣一样，打开面前的《金刚经》或《华严经》或《般若波罗蜜多心经》，耐心而认真地诵读，并将它们记进自己的心里、肉里、骨骼里。

　　有一次，一位老僧问正在抄录佛经的国王 A：“这四年中，你对佛经的诵读有怎样的感觉？”国王 A 停下笔来想了想，回答道：“如垒石，如绸纱，如流水，如空气。”

　　国王 A 的回答可谓真实不虚。如果说刚进寺院的前两年，他在背诵的时候可能还出现一点点失误，或者停窒，或者阻滞，或者将净目乾闼婆王的职责调换给华冠乾闼婆王，但两年后，他所抄录的那些经文便成了流水。只要有一个开始，它就会不断地涌出，没有任何事与物可以减缓它的速度。而后，那些经文又变成了空气，在他的呼吸里，随意自然,不被注意却又无时不在。

在国王 Ａ 五十四岁那年,他还曾作为主持在众僧侣和信众面前讲了三个月的经文,那时,他和其他得道的僧侣一样,有着飘然的白须和深深的皱纹,一件很旧但很洁净的袈裟让他显得没有半点俗气——此时,如果那位已经被叛军杀死的国王,也就是他的亲弟弟能够重新回到人间,站在僧侣和信众们之间,他应难以相信这个人就是曾经的国王 Ａ——他的亲哥哥。

和僧侣们一起起床,诵经,打扫,种些蔬菜;和僧侣们一起吃下那些毫无油水、难以下咽的食物,穿破旧的僧衣。国王 Ａ 已经和僧侣融合了,他唯一保留了一个和其他僧人不一致的习惯,就是他喜欢站在黄昏的寺门前,向着远处的群山眺望。

前来拜佛的信众问他,他说我在悟。

僧侣们问他,他说我在悟。

住持方丈问他,他说我在悟。

在这座偏僻的、香火不旺的寺庙里,曾有因为家中遭遇种种劫难、心灰意冷而投身到寺庙中的;曾有因为失去了所恋之人之物感觉空茫而投身到寺庙中的;曾有一些做过恶事心有悔意的人，为了来世的安妥而投身于寺庙中的；也有一些为了躲避战乱、劳役和官员的欺凌而投身到寺庙中的……然而无论是谁，他们都有一条或明或暗的"尘缘"，他们都没有国王 A 遗忘得彻底。

他不只遗忘了过去的一切，而且还遗忘了他的噩梦。据说，刚刚来到寺院里的前两年，国王 A 偶尔还会被自己的噩梦吓醒，一个人在黑暗中坐起来簌簌发抖，但两年之后，那些曾纠缠过他、把他吓醒的噩梦终于解开了绳套，再也无法将他缚住。

他的儿子曾来找他。带着几名警惕的侍卫。

国王 A 不见，负责看门的僧侣告诉国王 A 的儿子，这里没有国王，只有僧侣，你要找的人不在这里。

之后，他的儿子又来找过他，依然有几名警惕的侍卫跟随——他又一次扑空，国王 A 依然不见。不过这一次，国王 A 的儿子得到了僧侣们传递给他的一张纸，上面写着：放下。

两年之后。他的儿子又来找他——这一次他的身边没有一个侍卫，他带来的是挂在面孔上的愁容和恐惧："父

19

亲救我，现在，只有你能救下我啦！"

他见到了国王Ａ。之所以能够见到国王Ａ，是因为他上山的时候正遇到国王Ａ在寺门前打扫，已是深秋，不断飘飞的落叶像一片片干枯的蝴蝶。"父亲救我！"他的儿子跪在他面前，"父亲，大事不好啦，现在，只有你才能把我救下来……"

国王Ａ面无表情，他不紧不慢、专心致志地清扫着层出不穷的黄叶，将它们聚拢在一起，黄叶的沙丘一点点地升高——国王Ａ仿佛没有带出眼睛，在他面前的儿子完全没有被看到；国王Ａ仿佛没有带出耳朵，他儿子的哭诉、求救也完全没被听到。扫完落叶，国王Ａ返回庙里，他看都没看儿子一眼。

"父亲！你这样躲着，就觉得躲得过去啦？你的一切都会被打到山崖下的，你其实早就知道！"

"我不相信你真的清净了！你不过是自欺，你是怕，你是怕了才这样的！我是你的儿子，你真的就见死不救吗?！"

"说什么慈悲、普度，都是空话和假话！你连自己的儿子都可以舍弃，你所谓的慈悲在哪儿呢?"

他的儿子站在树下呼喊，但院墙阻挡了他的喊声，他的喊声只能像秋日的凉风那样在树梢上盘旋，将一些枯掉的树叶摇落。

那一夜，国王Ａ的儿子就睡在了庙门外。他可能是受了些风寒，在被一些黑衣人带走的时候声音变得浑浊而沙哑，与前一日黄昏他在门外呼喊时判若两人。他被带走的时候寺庙的大门已经打开，国王Ａ拿着扫帚站在负责清扫的僧人们之中，他当然目睹了儿子的消失，儿子的背影在他的目光中越来越小，直到被山和树林完全地挡住。

国王Ａ停顿了片刻，其实也就是微不足道的片刻。然后，他就跟随着其他僧人继续扫地，不紧不慢，一丝不苟。

作为野史，不那么可信的《稗史搜异》还记载了国王Ａ所宠爱的肖王妃也曾来过山中，她，甚至得到了特别的允许，在寺庙一侧的小柴房里住了七天。《稗史搜异》说，她先是试图说服国王Ａ跟她下山，重回京城，即使不再拥有国王的身份和疆土，他也应当有一个好生活，这一点儿不应受到怀疑，未果；她又试图说服国王Ａ至少还俗，和她一起过一种清苦却充满关爱和平静的生活，就在山下，就在那些烟火和百姓之中……依然是未果。肖王妃还不死心，她继续放低,这样吧,我也在这里住下来,保证不做太多的打扰,至少可以看见你,至少可以在你需要的时候帮你和寺院里的僧众做点什么……国王 A 依然拒绝。施主请回吧。阿弥陀佛。

"那,至少,让我再抱抱你。"说这话的时候肖王妃已经泣不成声,"国王啊,你知道在你走后的几年里,我过的是怎样的日子、怎样的生活啊?"

阿弥陀佛。

《稗史搜异》说肖王妃带着绝望和伤害下山,不久,她便在郁郁的情绪中去世,死前她曾不停地咳,几乎要把自己的心脏都咳出来。而在《聊经》和《搜异记》中,肖王妃根本没能走到山下,她的结局是坠崖而死,尸体大约掉进了山下的巨流江里……《聊经》没有点出肖王妃坠崖的地点,《搜异记》却说得仔细,它说肖王妃坠崖的地方距离国王 A 所在的寺庙不足五百步,她跳下山崖之后,一方不安的手帕竟然被突然的旋风从山崖下面吹了上来,在空中飘荡了许久,最终挂在一棵枝叶繁茂的松树上,然而不到三个月的时间,这棵挂了手帕的松树便奇怪地枯死了。《搜异记》还说,肖王妃的最后一日,她在寺门前褪去了身上的所有衣裳,试图用赤裸的身体靠近国王 A,然而依然是"未果"。她带着幽怨,《搜异记》把她幽怨的话语记录了下来,她说,你的心已经是铁了,已经是石头了。你也会变成铁和石头的。

她说:"你就不能安慰我一下吗,哪怕,做点假?"

……

还有一些人找过国王 A。他们各怀心事和心情到来,但都怀着失望离开——国王 A 已不是旧日的国王,他和那个国王完全是两个模样。

国王 A 的存在,让这座地处偏僻、香火不旺的寺庙突然地增加了不少的信众,也增加了不少的好事者。在国王 A 的生前,他已经属于传说,他为许多的传说提供了最初的蓝本,多年之后还有不断的传说出现。有一些前来上香的人本质上还是为了寻找国王 A,如果不是这样一个国王,不是这样的一个王国,许多人恐怕一生都无法见上国王一面。他们同样是带着失望走的,在众多的僧侣中,谁是国王 A 根本无从辨认。有两个互不相识的人,因为前来上香而在路上相识了。后来两个人一起下山,其中一个谈到了

23

国王 A。他说按照他的判断在他们上香的时候那个敲木鱼的和尚是国王 A，因为那个和尚微微胖些，当然，还有其他的特征，使他看上去像一个曾经的国王。另一个人给予了坚决的否认，他说在院子里扫地的那个才是，那个和尚的年龄符合，而且按照传说，国王 A 的弟弟来找他时他正在扫地。因为这种判定上的分歧两个人发生了争执，后来，打在了一起——一个人用刀子刺伤了另一个人的大腿，而另一个人，则把刺伤他腿的那个人推下了山崖。

在众多的僧人当中，国王 A 安然地度过了他的晚年。临终前，国王 A 叫其他的僧人把他抬到寺门外的空地上，他在那个空旷的高处眺望夕阳下的远山。其实在这种眺望中国王 A 已经再也看不到什么了，白内障早在一年前就遮住了他的眼睛，可以想象，他看到的只能是一片灰黑的昏暗。

可他仿佛是看见了。他把那种眺望的姿势一直保持到死。在他死去的时刻，夕阳的最后一片光也正缓缓消失于黑暗中，黑夜降临。死去的国王 A，脸上挂着复杂的笑容，在临终前他所说的最后四个字是"悲欣交集"。

国王 A 的遗物简单。三两件破旧的僧衣、两双鞋、九本经书、半箱由他抄录的佛经和一张已经呈深褐色的地图。那张地图已经残破,边缘处有被虫蛀过的痕迹,上面的地名以及各种不同颜色的线都已变得模糊——

某个傍晚,国王 A 的遗体和遗物同时进行了火化。在是否要把地图也投入火堆的问题上,僧人们有了分歧,最后他们只得请方丈定夺。

方丈深深地叹了口气。"还是投到火中去吧。这是他的尘缘。至死,他也未能开悟,他还不是我们佛家的人。"

那卷地图被投进了火焰。它在火焰中亮了一下,很快火焰就吞没了它,再然后,火焰黯淡。点线模糊的地图成了灰烬,它已经不再是地图的样子而仅仅是灰烬的样子——瓦盆里的灰烬被风一吹,突然地飞旋起来,成为一片片细小的碎片。

国王 B 和他的疆土

国王 B 的图腾是一只有着六个头、四只脚的雄鹰。它的四只脚,分别抓住的是狮子、老虎、灵蛇和山峰——在国王 B 的图腾上,那种赤裸的征服欲表现得淋漓尽致。是的,他一直偏好于征服,这是他的乐趣所在。

自从国王 B 成为国王的那一刻起,他戎马大半生都在扩充他的疆土,征战、掠夺、征服是他一生的兴趣所在,对此他投入了超过几乎所有帝王的热情和精力。在他四十二岁那年,他还亲率自己的部队征讨过西南的一些小国和部族——史书上说那里偏远蛮荒,多为山地和沼泽,瘴气弥漫,蛇虎横行,路途极是难行,单单在行军中国王 B 的军队就损失掉了十分之三——要知道,国王 B 的军队一向以特别能吃苦又特别能征战著称。就是在那次历时近一年的征战中,国王 B 患上了一种奇怪的疾病:先是他的眼睛里出现一些暗红的斑点,这让他看前方所有的物都像被血浸染过一样,随后他满身奇痒和溃烂,手抓处会流出一种黄色的液体,远远地就能闻到它所散发的类似于腐尸般的恶臭。国王 B 经历了一年多的治疗,请遍了所有能够找到的名医,包括御医、游医等,最终他的病得到了控制,慢慢痊愈,只是在他的脚趾处还时不时地会出现奇痒的斑点,发出让人恶心的臭味儿。

这一未曾得到根除的病,最终陪伴着国王 B 度过了他之后的生涯,一直到他死去。

在治疗疾病的那一年里,国王 B 不得不待在王宫,然而他的兵马还在向外扩张的路上行进——从某种意义上讲,国王 B 的军队就像是上满了发条的钢铁动物,它们只要得到计划和命令就会自动地上前,一直上前……就在那一年里,国王 B 下令叫人为他绘制新的地图,他要了解军队的动向,了解战争的进展,了解他的王国又有了怎样的扩充。在治疗中,国王 B 被满身的痒弄得疲惫不堪,他几乎丧失了一切兴致,只有疆域的拓展会让他从疲惫和不断冒出的瘙痒中得以解脱,产生出兴奋。

何以解忧？唯有杜康。在国王 B 那里能够解忧的只有他军队的征服和疆土的扩展。只有这样，才会重新拨亮他体内的火苗，让他身体重新有了烧灼的热量。

开始的时候，这张地图是在一间宽敞的房间里绘制的。

然而，国王 B 的军队进展得实在是太迅速了，几乎每一日都有新的占领——半年的时间，这座阔大的、宽敞的房间就已经被拼接了的地图占满，它显得狭小了，按照原初的比例这座房间已经容纳不下更多的地图。于是，国王 B 命人重新建造了房子，可很快，新建的房子也容纳不下新绘的地图了。好在，国王 B 的将士们在远方的征战中不仅带了战利品，还带回了一些植物的种子、奇异的怪兽和能工巧匠，他们还带回了沙盘的制造技术——国王 B 兴致勃勃地观看了沙盘的制造之后马上下令停止地图室的扩建，转而在王宫的花园里建起露天的沙盘：它可以按照比例随时扩大，再也不用怕房间无法容纳。

国王 B 的军队就像是上满了发条的钢铁动物。它的战绩甚至让国王 B 都有所怀疑："真是如此吗？难道，他们就不会遭遇抵抗？我的军队，竟然不曾遇到半点儿阻碍？"

于是,他派出秘密的使者追赶他的部队,而秘密使者传回消息证实了国王 B 的军队的确勇猛如虎狼,所向披靡,他们也遭遇过全力的抵抗,但面对勇猛的虎狼那些抵抗不过是羊群或麋鹿的抵抗,起不到阻止的作用。"尊敬的、伟大的、万能的国王,您将是全天下拥有疆土最多的国王,现在,已经是前无古人!""尊敬的、伟大的、万能的国王,我们又为您征服了一处新的领地,我们已经在这一新领地上,打上了属于您的印迹,他们将崇拜有着无边神力的六头鹰,并向它乞求平安和保佑!""尊敬的、伟大的、万能的国王……"

征服的消息就像一种可以让人血液沸腾的药剂,至少对于雄心勃勃的国王 B 来说的确如此——他仿佛被火焰所烧灼,不断传来的消息让他兴奋、让他的体温始终在一个高处。为他打理日常的医生几次提醒他应当注意休息,可适当吃点能够清火退烧的药物,但国王 B 说没事,未做理会。也的确没事,他的那种处在发烧状态的体温一直持续了五年之久,可国王 B 始终没有任何的异常,在身体溃烂的病痊愈之后,他始终像一个充满活力的少年。

国王 B 的军队就像是上满了发条的钢铁动物,所到之处就是征服,就是拓展,就是一个新开始——

　　问题是,国王 B 军队的推进速度实在是太快了。以至于,负责绘图的官员根本不知道军队所在的具体位置,以及周围山脉、河流的分布——他所能搜集到的所有书籍都对"那里"没有只字片言的记载,而且某地名也不再是某某郡、某某州、某某府、某某县,而是某某堡、某某盟、某某格勒,或者一些完全不知所云的名字;再后来,国王 B 的军队干脆用他们自己的习惯和好恶来随意称呼他们占领的新土地。这自然给绘图的官员带来更多的混乱,他们的大脑被扰乱了,而一想到国王 B 也未必会特别注意那些新领地,它们真正的样子是什么可能并不重要——于是,这些负责绘图的官员开始在硕大的沙盘上加入自己的理解和想象,他们审慎而随意地把那些堡、盟、格勒或别的什么安置在自己想象的点上,然后按照战报上的描述和自己的虚构,画出山脉、河流、沙漠,以及森林。有一个好奇心极强的绘图官,还按照自己的想象在一个偏远处建立了一座特别的城市,这座城市有许多渠道汇聚在一起,上空有许多风筝在飞翔。这里有镶满了海螺贝壳的螺旋形楼梯,所有的房子都是相连的,它们在高处完成交会,而下面则是四通八达的渠道和流水声。这位绘图官还在城市建了一堵"老人墙"和一个相当巨大的广场,以至于另一个绘图官的城市都无法在沙盘的角落里放下。那座城市叫"达阿纳斯塔西亚"——后来,他的故事被一个叫卡尔维诺的作家写进了一本名叫《看不见的城市》的书里,在那本书里这名绘图官改头换面,他有了新名字,叫马可·波罗。

在国王 B 花园的沙盘中,严谨和荒谬、审慎和幻觉同时存在,它们奇妙地被拼合在一起,似乎也完整而完美。国王 B 的京城向来少雨,而某一年却意外地有了一场旷日持久的大暴雨,真的是旷日持久,它竟然持续了将近一个月的时间,整个京城都沉陷于一片汪洋之中。国王 B 的王宫也是一片汪洋,就连国王 B 也产生了某种从未有过的幻觉,他觉得自己的王宫就像一条孤零零的船,正在水中向远处游走。

他命令宫女和太监们在宫殿外面垒起堤坝,让他们向院外淘水,一刻不停。他命令宫女和太监们在地板上撒些锯末和糠秕,他受不了那种黏黏的湿滑的感觉,何况还有脚趾溃烂的病。他也受不了几日下来锯末和糠秕所散发的霉味儿,于是他命令宫女和太监们勤于更换,同时在房间的角落里点燃火盆,以降低屋子里的潮气。那是国王B人生当中第一次感觉自己的无力,他无法叫雨水停住,这是他所无法掌控的部分。

自然,这场太过连绵无休的暴雨也冲毁了花园里的露天沙盘。天晴后,国王B所下达的第一道命令就是重新整修,他要第一时间知道他的军队现在已经打到了哪里,他有没有拥有新的疆土……然而整修并不像想象的那么顺利,它完全是一个新的开始,负责绘图的官员们夜以继日,用了大半年的时间才基本完成,而这时国王B的疆土又得到了新的扩展。国王B率领他的几名大臣一起在花园里观看重修的沙盘,他兴致勃勃地向大臣们描述了"达阿纳斯塔西亚"的城市造型,然而在整修之后的沙盘上他却没有再发现这座特别的、属于幻想的城市。"我记得,我记得……"好在一个还算机灵的绘图官急中生智,他指向一个偏远的角落:"尊敬的、伟大的、万能的国王,您是不是询问它?哦,我看一下,伊帕奇亚,请原谅我总是记不住它们的名字,应当是它吧?它是您的部队在去年的九月打下来的,从那个,那个……达佐贝伊德出发,您的军队光是行军就走了六天七夜,这个我记得清楚。您看啊,这里的街巷相互缠绕,就像是纠缠的线团儿,这里是有金顶的王宫,这里是马厩和驯马场,这里是一座我们从来没见过的尖塔,据发回的战报中说从塔顶上可以看到遥远的海洋中行驶的船只……""我记得不是这个名字,它似乎有更长的发音。再说,我记得的关于城市描述,上次的和这次也不一样。""尊敬的、伟大的、万能的国王,您说的是不是莱安德拉漠漠?它在这儿,它在一大片岩石的下面,是太阳照不到的地方,这里的居民把蜻蜓看作城市的守护神,因为这里的蚊子实在是太多了。您看,这座城市为了防止无孔不入的蚊子,都未曾安装窗户……"

国王 B 摇摇头,然后又点点头:"我记不太清楚啦,反正,是一些太过奇怪的名字。对了,你们一定要仔细地核对,我总感觉……有些不对,但我又一时不知道哪儿不对。你们再核对一下吧。"

没有人敢违抗国王 B 的命令,他的话必须得到严格而认真的执行,否则,一定会遭到国王 B 的重罚。负责绘图的官员们只好抽出两名以认真著称的官员,专门负责沙盘的核对工作。

核对一开始，就让所有的绘图官胆战心惊，包括负责核查的两位。一位官员，发现有两处城市标错了名字，他悄悄地改过来并没有惊动其他人，而另一位官员，则发现两条延绵的河流不仅被改变了流向，而且还疏忽地将 A 城放在了 B 城的位置上，B 城则在沙盘上完全消失，无影也无踪。"这里，这里原来是谁负责的？""这里……是您啊，大人，这里是您啊。是您负责的部分。大人，您是不是发现了什么问题？""啊啊啊，没有没有，我只是觉得……不舒服。"这位绘图官的脸色苍白，头发上、脸上、脖颈处竟然满是涌出的汗水和淡淡的水汽，"我头晕得厉害。"

话没说完，他就倒在地上。等王宫里的太医赶过来会诊的时候他已经没有了气息。"大人……"

随着这位绘图官员的死去，地图的核查工作也就告一段落，远处的战报就像飘飞的雪片，负责绘制的官员们有更多的事情要做。随着核对工作的终止，A 城在沙盘上永远地占据了 B 城的位置，而 B 城也在这座沙盘上永远地消失，再没有人注意到它的消失，无论是国王 B 还是负责绘图的官员。

不知道出于怎样的原因，一位绘图官在一大堆的河流中间建了一座看上去微小的城市，其中的建筑难看得要命，问题是在备注中它有一个奇怪的名字：暴君。据我所知并没有哪座城市会叫这样一个名字，没有，那绘图官为什么要为那座城市起一个这样的名字，是他的心血来潮，还是前方的战报中随口的一提？我们不得而知。

在我所见的史书中，无论是属于正史的《右传》《朔正记史》，还是属于野史的《榆林记史》《进园随笔》《聊经》或《搜异记》，对于国王 B 的评价几乎完全一致：他性格残暴，好征战，有着强烈的征服欲。如果国王 B 能够在他生前看到史书中对他的评价的话，大约也会基本认同，不过把作出评价的史官杀掉则是必不可免的。不止一次，他信心满满地面对自己的大臣和王妃，告诉他们，自己的全部乐趣就是战争和征服，是霸业，作为国王，他就要做一个任何帝王都曾经想过但没有一个帝王真正做到的霸业。"我要一个无限强大的帝国，我要让那些听到我威名的人都簌簌发抖，即使在我死后。我要让每个人都知道，如果我国王 B 想做什么事，是没有谁可以阻挡的，想都不要想！我要让每个人都知道，顺我者昌，逆我者亡。"说这话的时候国王 B 的眼神是犀利的，他用他眼神里包含的犀利扫过面前的所有人,他喜欢看着他们战战兢兢的神态。无论是掌管着数十万人马的将军,还是权倾一方的大臣,甚至是前任国王,在他面前都如同是攥在手心里的蚂蚁。仅仅是,蚂蚁,而已。

经历了一年,两年,国王 B 开始对沙盘上的征伐、战争和开拓产生厌倦,它们是不具体的、不真实的,只是一些符号,只是一些被符号和比例象征的城市,国王 B 看不到具体的屠杀和它所弥散出来的血的气息——这种带些虚幻性质的拓展慢慢地对国王 B 失去了吸引。他感觉厌倦。这就像让一个人每日只吃一种菜,无论调制得多么精美多么精心,吃久了也会令人乏味。于是,国王 B 下令,那些远征的部队不仅要把黄金珠宝等战利品送回京城,而且还应当送回一些和战争、杀戮有直接关联的东西,他要实物,要能够真切地看到战争的结果,感受杀戮的血腥……经过了反复的斟酌之后,国王 B 采纳了一位小吏的建议:所有参与战斗的战士,每杀掉一个抵抗的敌人,都要割下他的一只右耳朵作为证明。要有专人负责,将这些右耳送至京城,国王 B 会按照耳朵的多少对前方将士进行奖赏。

没有谁敢违抗国王 B 的命令,他的命令从来都要不折不扣地执行。于是,血淋淋的耳朵或者经历过清洗的耳朵(不知道是某些将军的习惯还是负责运送的运输军士的习惯,有几队人马会将耳朵清洗一下再装进麻袋中,他们认为这样便不会让负责运输的马匹受到惊吓。而多数的运输车辆不会这样做)源源不断地送往京城,他们路过的官道总有一股隐隐的、无法消散的血腥味,而这一弥漫的血腥味也并非绝无好处,它的好处是,在有前方马队经过的官道上,无论是白天还是夜晚,无论是多人的结伴而行还是独身一人,都不用害怕虎豹豺狼和毒蛇——它们竟然也有恐惧,猜不透那些气息里包藏着的是什么。

源源不断。很快,京城外的荒冈上耳朵堆积如山,它们还在不断地累加,在下过第二场雪之后就已超过了京城及周围县郡最高的山峰。而这种源源不断还在继续。

事实上,国王 B 的这道命令是相当愚蠢的,到第二年的春天他自己就意识到了。被冰冻住的耳朵们在第二年春天开始融化。很快它们霉变、腐烂,一股股浓重、奇异并且迅猛的臭味极其广泛地散发出来,而且这股让人作呕的臭味还具有明显的厚度,它让照射过来的阳光都发生着可怕的弯曲。

距离那么近，国王 B 的王宫也无法幸免，尤其是在进入夏天之后。国王 B 下令王宫里所有的窗户和门换成有香味的檀木，所有的香炉里都燃起积攒下来的香，然而它们依旧无法抵御那股臭味的侵入。那一年，京城里的树林长得枝繁叶茂，苍翠欲滴，直到冬天它们还不曾落叶；那一年，满城的果树都结满了又大又多汁的果实，可它们全部不能吃，因为一旦将它们剥开，那股和耳朵们散发出的臭味一模一样的气味便扑向人的鼻孔；那一年，苍蝇得到了空前迅速的繁殖，它们从早晨到傍晚不停地飞舞，使得京城看不到阳光的颜色，仅仅是苍蝇们翅膀扇动的声音就足以让许多人患上可怕的失眠症，直到他们慢慢地适应了苍蝇们的嗡嗡声。秋天的时候，苍蝇们一一被时间和寒冷杀死，许多市民竟然开始怀念苍蝇们发出的嗡嗡声，只得聚集在铁匠铺里，一边听着打铁的声响一边大声喧哗，累了之后才回家睡觉。那年夏天，一种让人身上长出黄斑然后呕吐不止的瘟疫在国王 B 的都城里广泛传播，至少有八千多人因此丧命。

这场没有来由的瘟疫让城里的医生束手无策。后来，它之所以得到控制大约是和一场暴雨有关,大雨帮助这座被耳朵的恶臭笼罩的"诅咒之城"得到清洗,大雨之后,城里城外的瘟疫得到控制,没有谁再染上这样的疾病,不过护城河中,却多出了一片一片张着大嘴、白色的肚皮上有点点黄斑的死鱼。

国王B杀掉了那个给他出主意的官员,并下令,割下他的两只耳朵一并投进护城河。他还下令,要侍卫和军士骑最快的马传令给他远征的军队:不要再往京城送什么耳朵,所有割下的耳朵都要就地解决,至于封赏,依旧按照前例进行……其实他的这道命令完全可以不发。负责传令的侍卫和军士需要至少一年的时间才会追上征伐的军队,且不说他们很可能在路程中懈怠或者走了怎样的弯路;负责向京城运送耳朵的军士无论从哪一个方向、哪一个时间出发,路途中都必然会经历到夏天,那些耳朵也必然会在夏天的运输中溃烂——即使国王B不下达命令,也不会再有耳朵能送往京城。

《右传》与《榆林记史》,还记叙了国王B的一个嗜好:凡是被他的部队捕获的敌国的国王、将军或大臣,国王B都会将他们囚禁于京城,天天派人对他们进行折辱或殴打。发现他们已经顺服、再没有反抗之心后,国王 B 会凭着自己的兴趣召见他们,会命令他们用舌头去舔自己长有疮斑、散发着难闻的臭气的脚。需要说明的是,国王 B 有一个穿长筒皮靴的习惯,无论是秋天还是夏天——他愿意把自己打扮成一个时时刻刻准备出征的马上帝王。完全可以想象,如果在夏天,国王 B 从长长的皮靴里伸出的脚该散发出多么难闻的气味。据说某个战败的国王在舔过国王 B 的脚趾之后,离开王宫,一路上不停地呕吐,等他回到囚禁之地的时候已经把自己的心脏也吐到了口腔的外面。他躺在床上,奄奄一息中还不停哀叹:"要知道是这样,我为什么不在去年冬天就出降,为什么非要再坚持那两个月呢?"

需要说明的是,舔吸国王 B 的脚趾其实是一项恩典,它意味着,国王 B 接受了你的臣服。

舔吸国王 B 脚趾的人不许现出任何悲伤或者厌恶之类的神色,他必须装得兴高采烈。国王 B 有道密令,凡是舔吸过他脚趾的人一律免除死罪;凡是在舔吸过程中表现得兴高采烈的,可以获得不同程度的优待,甚至可以回去继续治理他已经丧失的国家。是的,国王 B 说到做到。到国王 B 五十四岁那年,先后有三个国王获得了自由,返回了自己的疆土。

另一个故事出自"据说",在一些诸如《稗史搜异》《聊经》之类的野史中得到了记叙,它们说,国王 B 和他的妃子在做爱之前,妃子们也必须吸吮他的脚趾,显现出一副陶醉并且迷恋的神态。那些野史用这样的"据说"来解释国王 B 为何在半年之内三次更换自己的王后。

想不出还有什么力量能阻止国王 B 的征服。他的国土在生长和繁衍,他的军队在生长和繁衍,他的子民在生长和繁衍,他的财富和美女在生长和繁衍……没有谁能够阻止他,没有。有这样的想法就让人恐惧,怎么会? 怎么可能呢? 谁的心里还能生出这样的妄想?

他曾下令,凡是国王 B 的子民,男人一定要穿红色的衣服,而女人的服装一律要染成蓝色———一时间,他所能见的就真的只剩下了红和蓝两种颜色。不过后来他又修改了这条命令,允许男人在红、黄、黑三种颜色中挑选,而女人则可以在蓝和紫之间挑选,然而这时 B 国的男人都已经习惯了红,女人都已经习惯了蓝,国王 B 的命令下达了许久,他从城楼上抬眼望去,街上熙熙攘攘的依然只有红和蓝两色。他曾下令:凡是未入军籍的男子,都只能用脚后跟走路,绝不能用脚趾。于是走在街上的每一个男人都如同跌跌撞撞的鸭子。他还曾下令:所有的人在早餐和午餐之前都必须要面壁三分钟,让他们默念对国王 B 的感恩;夜间走路都必须把灯笼举过头顶。他还曾下令叫自己的一支马队驱赶着马匹一起跳下山崖……在国王 B 五十四岁之前,他曾颁布过不下一万条千奇百怪的命令,这些命令有的利国利民而有的则非常荒谬,可是,他所有的命令在 B 国都得到了异常坚定的执行。

天知道,某天早晨,国王 B 从一个令人不安的睡梦中醒来,他会突然地颁发一道怎样的命令。

天知道,有谁可以阻止那些命令的颁布与执行。

在国王 B 五十四岁那年——我已经多次提及国王 B 的五十四岁,这当然有着显著的用意,这当然是一个非常重要的节点。在国王 B 五十四岁那年,一个令人吃惊的坏消息传到了京城,它,足以将京城的城墙压低半寸,在王宫里引起巨大的震动。

刚刚听到这个坏消息时,国王 B 先是哈哈大笑,他把自己的眼泪都笑出来了。"不可能,绝不可能!你们一定是弄错啦!妈的,你们竟然敢跟我开这样的玩笑!""尊敬的、伟大的、万能的国王,我我我我可不敢和您开玩笑,何况是是是是这样的玩笑……""哈哈哈怎么可能……你说的是真的?你没有说谎?!"

由大笑到呆住用了不短的时间,而由呆住到暴怒则用了一秒或者不足一秒。"你敢这样!你怎么敢这样!来人,把他给我拉下去,砍了!我要用他的肉做成肉馅!"

"尊敬的、伟大的、万能的国王啊,我只是奉命来给您传递消息的,我可是完全无辜的啊!请尊敬的伟大的万能的国王开恩……"

"少废话!给我拉下去!"

让国王 B 暴怒的消息是,一位率军远征的大将军在攻占了某一个从未听说过名字的国家之后,自立为王,宣布脱离国王 B 的统治。这,已经是两年前的事了。

这是第一次有人"背叛"国王 B,它就像一个巨大的惊雷,在王宫和整个都城里,每个人都能听见这声惊雷的轰响。暴怒的国王 B 就像一只被箭射中了尾巴的怪兽,他让每个靠近他的人都战战兢兢,如履薄冰。

是的,接下来大约七天的时间里,国王 B 身边的所有人都在战战兢兢和如履薄冰中度过,战战兢兢对他们来说不能算是形容词,而是动词,是一个有着具体的形态、压住了他们身体的动词,当然如履薄冰也是。这七天,真的是漫长,一日长于百年或者更久,他们压抑着自己的呼吸也压抑着自己的头,即使如此也很难保证国王 B 目光里的刀刃不会砍向他们的脖子……午门外,被国王 B 下令处死的大臣和官吏达到了七十一人,某些人的血刚刚被清扫干净,另外的人的血又洇漫过来,劳累的衙役们不得不再次清理。而在距离午门不远的狮子街口,那里被斩杀的人则更多,他们是这些大臣或官吏的妻子、儿子、侄子、兄弟或者仆人,没有官职或者官职不够的他们没有资格在午门外被斩杀,于是都被押到了著名的狮子街口。这里处死的人数远远大于午门外的七十一人,而这里的衙役也更为草率,他们只是把涌出的血用数把扫帚扫向路边的沟渠,那么多的血自然形成了水流,涌向远处的河中。仅仅七天的时间,流淌的血和它们散发的臭味便吸引了大半个京城的苍蝇,它们汇聚在血的河流上,有人从这条黑色的河流旁边经过,就会惊扰到挤成一团的苍蝇,它们嗡嗡嗡嗡地飞起来如同一小片飘忽的黑云……需要提一下京城城墙上的"羞耻龛"——几年前,国王B令人在京城的每座城门的两侧各自凿出两个小洞,将它砌成佛龛的样子,但里面放置的不是佛像而是人头,是被国王B下令处死并且需要"以儆效尤"的官吏、大臣、盗匪、恶霸的人头。国王B要他们不得好死,死后也不得安生,以一种羞耻的、罪恶的面目放进羞耻龛里示众。后来,国王B的"羞耻龛"被一个名叫卡达莱的作家写进了他的小说,在小说中国王B的"羞耻龛"被更换了名称,卡达莱叫它"耻辱龛",并将故事的背景移到了他所熟悉的奥斯曼王朝。在国王B挥动着暴怒的皮鞭的七天里,"羞耻龛"里的人头往往放不了一天就会被更换,这让负责防腐工作的衙役们实在不胜其烦:他们要为将要放入"羞耻龛"的人头做极为精细的防腐工作,而这样的工作往往需要两个人整整一天的时间,他们刚把前一个人头处理完,还没有把它送往城门口,另一个人头就又来了,它要替代前一个人头的位置,又要做好精细的防腐……

被国王B下令处死的七十一人中,其中一人是国王B的四王子,三人是负责军事调度的大臣,还有一位是国王B

的王妃,处死她,仅仅因为她和那位叛变的将军拥有同一个姓氏。她,并不认识那位将军,两家人也素无来往,她哭哭啼啼的哀号并没有让国王B有恻隐之心——半点儿也没有。据说,同样是据说,一位地位极高的大臣在下朝后长出口气,飞快地赶回家然后飞快地吃了饭,饭后,和他所喜爱的侍女下棋。正下到高兴处,突然门外传来一声"国王驾到"——正准备落子的大臣脸一下子变得像石头一样僵硬,而国王B走进他房间的时候首先闻到的是一股混合了臊和臭的屎尿气息。"你怎么啦?"国王B问道,然而那位似乎是中风的大臣已经不能回答他的话,他歪倒在床榻,臊臭的气息顺着他的裤子不断地流出。据说,愤怒的国王B在出门的时候狠狠瞪了两眼门前的石狮子,这两只石狮子竟然从牙齿间发出咯咯咯咯的声响,它们在不停地发抖……

之所以反复提到七天,并不是说七天之后有了怎样的转折或变故,而是在第七天,国王B率领着他的三十万大军离开了京城。他要亲率大军前去讨伐,他不能放过那支叛军里的每一个人。他要亲自带领他的将士们,将那支敢于反叛的部队用马踩成细细的肉泥。

那是一次浩浩荡荡却充满了艰辛和灾难的征讨。

那也是国王 B 一生中最后一次的率军出征。那年,他五十四岁。

跟随他浩浩荡荡出发的军队有三十万人,还没将负责粮草、衣物和药材的后勤人员计算在内。三十万人,他们就像滚滚的惊雷,每到一处,附近的百姓会在连绵不断的惊雷中被反复而持续地惊醒,出门打听:国王 B 的人马还在二十里外。等队伍过去,三天之后,大路上的烟尘才开始散去,五天之后那些到官道上拾粪的人们同时染上了疾病,他们总是不停地咳,直到分别吐出鸡蛋大、鸭蛋大、鹅蛋大的泥块儿出来,才得以缓解。

……一年零两个月之后。国王 B 的军队终于来到了一片巨大的沙漠面前,据说要找到那股叛军、那片被叛军分割出去的土地,就必须穿越这个看上去无边无沿的沙漠,然后再走上三个月的时间。在沙漠的边缘,国王 B 度过了他五十五岁的生日,军士们得到的奖赏则是,每人获得一枚不知道存放了多久的鸡蛋。

负责后勤的大臣向国王 B 汇报,那一日,他们共发出了七万多枚鸡蛋(事实上并没有这么多的鸡蛋,但那位大臣不敢不按照花名册上的人数向国王 B 汇报,要知道以国王 B 的性格他绝不允许别人把他的命令折扣之后实行)——是的,在一年多的时间里,国王 B 的军队在迅速地减少,瘟疫、饥饿和种种其他原因在不断地吞噬着国王 B 的军队,更为重要的一个原因是士兵们的逃跑。他们竟然完全不顾可能受到的惩罚,完全不顾被抓回来的后果,偶然地、却也是突然地消失,给国王 B 的大军剩下一排排空荡荡的营帐。

"必须制止他们!"国王 B 命令,接受命令的将军们垂头丧气地从国王 B 的营帐中出来,他们其实毫无办法。为了阻止士兵们逃跑,国王 B 的法则不可谓不健全,不可谓不严酷,但还是没办法阻止他们不计一切代价逃跑的心和弥漫在他们心理上的那种不敢明说的绝望。绝望具有传染性,而逃跑同样也具有传染性——有时,一小股部队逃离了他们的营帐,国王 B 派另一支部队去追,结果就是两股部队从此一起失去了消息;如果派出第三股部队,其结果还会如此。国王 B 只得下达命令,加强巡逻以防士兵们逃走,但逃走的则不再追赶。

七万人,这仍然算是一个庞大的数字,他们如果一起呼喊足以把在天空中飞翔的鹰的肝脏震裂,可是,将这七万规模的部队投入沙漠之中——如果用一个不算恰当的比喻,简直是把几粒沙子投入沙漠,它们立刻变得渺小、可怜、微不足道。在凝室的空气如同烧红的铁器一样炽热的沙漠中,在大风一起似乎整个世界都被包裹在层层沙石中吹走的沙漠中,在前面没有道路、后面没有道路而所有的脚印和其他痕迹都会被轻易抹去的沙漠中,国王 B 突然觉得自己竟然如此弱如此小,如果不是这支队伍的支撑,国王 B 很可能早就倒下去了,就像一粒真正的沙子。

不知道是由于过分的炎热还是过分的劳累,当然也不能排除其他的、更为复杂不明的原因,国王 B 在沙漠的行军中患上了另一种怪病,这怪病竟然和国王 A 的病有些相似:他总是做些奇怪的梦,这些奇怪的梦让他无法进入到真正的睡眠中。有时他梦见自己是一棵被狂风撕扯的树,风力巨大,他不得不用力地抓住摇晃的地面不让自己的枝干被狂风拽走,然而他抓得住树枝却抓不住树叶。很快,树叶一片一片被狂风卷走,很快他就变得光秃,仅剩下数量可怜的几片树叶,而这些树叶依然不被放过。在梦中,变成了树的国王 B 冲着那些飞走的树叶不停地呼喊:"停住,停下来,你们不要走……"但他的呼喊没有任何的意义,树叶们根本听不见,它们在风中越飘越远。有时他梦见自己坐在马背上,三十万兵马突然奇怪地聚拢在一起,就像一切都没有发生。在马背上,国王 B 恢复了昔日的骄傲和霸气,他命令自己的三十万兵马一起冲着一条浑浊的河流大声呐喊——奇迹出现了,天空中那些高高飞翔的鸟群惊惶失措,它们拼命地朝着更高处飞去,就像一支支离弦的箭,然而它们实在无法高过呐喊的声音,没多久,那些骤然飞高的鸟便一只只落了下来,它们被三十万将士的呐喊震碎了心脏。而随着呐喊,这支喧响的河流竟然出现了断流,流水竟然从中分开,出现了一条露着河床的道路,随后又飞快地合拢在一起……合拢在一起的河流还是那样湍急,不同的是,水面上漂浮着数目众多的死鱼。站在虎狼一样的军队和河流的面前,国王 B 颇有些飘飘然,他很是自得地说了一句:"我要想做的事绝对不会做不到。我想,所谓的天神、上苍,他的力量也不过如此吧。"话刚刚说完,国王 B 就感觉自己飞快地小了下去,而四周一片黑暗——在他所乘坐的马背上,多出了一枚果壳,而国王 B 则被封禁在这枚果壳的里面。

有时,他梦见的是一口有着无限深度的井,他走到井口,忽然就被什么力量在背后推了一把,朝着井口飞快地坠落下去。他一直在坠落,坠落,他在坠落的过程中不断地挣扎却什么也抓不住。

之前,没有人敢劝阻国王 B,但这时他们终于敢了:"尊敬的、伟大的、正确的、万能的国王啊,我们当然不能放过那股叛军,我们跨过了沙漠当然会把那支叛军踩成粉末。但现在,为了您的身体,为了这个伟大的、有着广阔疆域并且还在不断地拓展中的国家,我们恳请国王暂时缓一下征伐,我们是不是可以暂时地收兵,等您的身体好一点了能睡得着觉了再去征讨也不迟……到那时,我们一定还充当您的马前之卒,不把他们的肉踩成肉酱我们也不答应!"

经过了反复的斟酌,国王 B 终于下令,返回,原路返回。

可是,这道让士兵们欢欣鼓舞、喜极而泣的命令却是一个画饼:这支深陷于沙漠之中的队伍已经找不到所谓的原路。前面是沙,后面也是沙,左边是沙,右边也是沙,脚下是沙,脚上也是沙,而当风暴卷来时头上、脸上也都是沙——在这个由沙子组成的海洋里,每一条路可能都意味着前进,也可能意味着倒退,它们没有什么意义。前、后、左、右是那么一致,它们如同一个没有围墙的巨大迷宫,太阳在头顶上高高悬着喷吐着火焰,可它却不指引任何的方向。而且,时间久了,一些士兵出现了可怕的"沙盲症",天空和地面突然地变成雪白的一片,他们除了雪白什么也看不到。

　　国王B的脸上满是懊悔。这时,他已经不再想那支叛变的队伍,不再想疆土的扩大和征服,不再想……他唯一的愿望就是,赶快走出沙漠,只要能尽快地走出沙漠,他失掉更多的土地和城市也无所谓。他第一次,和他的将领、士兵以及战马们想在了一起。

　　……长话短说,依靠喝马的血、马的尿,未被阳光熬干的、藏在沙漠深处的水分,国王B和他的队伍终于走出了沙漠,这时,国王B的队伍已不足八千人,他们如同枯萎的艾草一样在风中摆荡。

　　五天后,他们来到一个偏僻的小镇,国王B叫人前去打探,信使传回的消息是,这里是落桑镇,再往前不远处就是封榆镇。封榆镇?站立在旁边的一位大臣向国王B提醒:"尊敬的、伟大的、正确的、万能的国王,您忘了?三个月前,我们曾在封榆镇落过脚,我们是从那里一路向西进入沙漠的。尊敬的、伟大的、正确的、万能的国王,我们是不是重回封榆镇去? 它比落桑镇大得多也繁华得多,物资也较为充沛,我们可以到封榆镇歇息,反正刚才信使也说了,不过十几里的路程,很快就到。"

"不。我已经累了。我们就在这里歇息。"

国王 B 说得斩钉截铁,一边说着他还打了个哈欠。其实不去封榆镇国王 B 还有更为深层的考虑:回到封榆镇,见到那里的百姓们他应当如何向他们交代? 三个月,七万人的队伍只剩下了八千,还如此灰头土脸、溃不成军,百姓们是不是还会把他国王 B 看成一贯伟大、正确,有着无上的权力和威严的国王?

当然不能。离开了沙漠,国王 B 的"旧日"又在慢慢恢复,他不希望见过他威武的封榆镇百姓见到他的落魄。

国王 B 的人马在落桑镇住下,一夜无话。住在落桑镇简陋无比的客店里,国王 B 在沙漠中患的疾病竟然悄悄地痊愈,那一夜他睡得香甜,再也没有这样那样的怪梦将他纠缠……他醒来的时候已经是第二天的下午。他是被一阵阵的雷声和风声惊醒的,等他睡醒,狂风和暴雨也正朝着落桑镇用力地袭来。

暴雨骤然来临,它冲毁了天和地之间的界限,使它变得模糊,让天与地紧紧地粘在了一起,形成了一片汪洋。乌黑色的云层压在屋檐上,它太厚了,以至让人感觉它把房屋压得摇晃起来,发出那种将要断裂的呻吟。暴风雨还冲垮了落桑镇通向京城唯一的一座桥,丧失了桥的河流翻滚着,涌动着一层层暗黄色的波涛,国王 B 的心情变得更坏。他被告知:此时人马只得在落桑镇停下,只得等待雨水停歇,而粮和草,都还未能运过来。

善于愤怒和发脾气的国王 B 开始咒骂。

他咒骂天气,也咒骂暴雨。进而,他责怪负责雨水的神:如此多的雨水为什么不落进沙漠里? 负责降雨的,该是一个多么恶毒、懈怠而愚蠢的神啊,如果他是国王 B 的手下,国王 B 必定狠狠地责罚他,剥掉他的皮做一条薄薄的裤子。国王 B 在咒骂的过程中,两旁的大臣一个个胆战心惊,他们害怕国王 B 的矛头突然指向毫无准备的他们,也害怕国王 B 的咒骂被负责雨水的神听见,没有人能猜到看不见的神会做出什么来。至少,他可以让暴雨继续下去。

暴雨真的继续了下去,它完全没有停歇的意思,国王 B

的餐桌上能用的食材都已少得可怜,更不要说战士们那里了。有些不够坚固的房屋真的被暴雨压倒了,它们在倒下去的时候发出类似尖刀插进水牛身体时水牛发出的哀鸣——负责统计的后勤官员过来汇报,有七名百姓和四个士兵被埋在倒下的房屋中,军机处的大臣吩咐他马上处理但不要报给国王B。他已经够烦心的了,要知道善于愤怒和发脾气的国王B很可能会迁怒于别人,多一事当然不如少一事。

三天之后,暴雨终于停了,但乌云还在,它们还在不断地积累,似乎要将国王B的落桑镇压到地下去,让它和淤泥、石块、黑暗以及尸骨的气味沉在一起。乘着暴雨停止的间歇,烦躁的国王B决定亲自出马,去河边看看,同时命令战士们在暴雨间歇的时间里搭一座临时的桥——我猜测多年之后假设国王B能够回想起他在落桑镇暴雨间歇时分所做的这个决定,也许会感到后悔。他后悔的不是他亲自去河边看看的决定,而是,别的。

河水浑浊,河水翻滚,河水里面仿佛埋伏着数千只狮子,它们咆哮并相互撕咬着,只是浑浊掩盖了它们的身影。军机大臣小心翼翼地告诉国王B,这个时候建桥是不可能的,无论向这条河中投入石块、木料还是互相拉着手的战士,都像是把一只只蚂蚁投进大江中,起不到半点儿作用。国王B刚愎但不愚蠢,他当然知道军机大臣说的是真的,只是他不那么甘心,他叫大臣们、侍卫们跟着他沿河边多走一段儿,万一有更好的、能够允许建桥的地点呢。

建桥的地点并没有找到,但喘息之后另一场暴雨又来了。它比之前的暴雨似乎更大更猛烈,只一个瞬间,国王B的衣服就已经全部湿透。这时候跑回国王B的住处是不现实的,没办法,侍卫们护卫着国王B朝距离最近的一户人家跑去,他们敲开房门,把国王B让到里面。

国王B的衣服已经全部淋湿,更让国王B难以忍受的是,他的皮靴里面也灌进了大量的水,泡在水中的脚让他感觉极不舒服。他看到,那家人在床边生着一个小小的火炉,于是凑过去,脱下了他的皮靴——

立刻,房间里的其他气味都消失得无影无踪,一股相当强的恶臭弥漫于整个房间。事实上,这股味道已经比平时小了,如果不是被雨水浸泡过,国王B脱掉靴子时的那股恶臭至少会猛烈三倍。可尽管如此,骤然闻到臭味的那家人立刻有些将要昏厥的感觉,他们只得堵住自己的鼻孔……

一个少年从角落里闪出来,他捂着鼻子,用浑浊而模糊的声音对国王B说:"这位长官,你把靴子穿上吧,你的脚太臭了。"

"你说什么?"国王B有些惊愕。

"我是说,"那个少年看了看国王B身边的大臣和侍卫,"我是说,你的脚太臭了。你们难道闻不到吗? 你自己……"

"大胆! 你知不知道你在跟谁说话?"军机大臣指向那个少年的鼻子。

少年看了看身后的父母,他挺直身子:"我不知道你们是谁,看得出来,你是大人物。我也不想冒犯你,但无论如何,你的脚实在太臭,你应当把靴子穿上。"

"你会为这句话付出代价的。"国王B冷冷地说道。

"付出代价?"少年挣脱了母亲的手臂,那一刻,冲动的少年克服了他的恐惧:"你是说我要为我说了句实话付出代价? 你也太不讲理了吧! 你们闯进我的家里,把我们赶到边上还不算,还把我们家弄得这么臭,让我们喘不过气来……是谁,是谁不守王法? 我才不管你是谁呢!"

……从那栋房子里走出来,国王 B 的心情比之前变得更糟更坏,军机大臣和六个侍卫用四倍的小心呼吸着,他们和国王 B 保持着适当的距离以免被他注意到,同时他们还要避免看不到国王 B。国王 B 面沉如水,他脸上的水滴几乎要溅下来,他的鼻孔里喘出的气也是粗大而浑浊的,甚至也带有那种死尸般的气味。走出屋来,国王 B 在房檐下站了许久,雨还在下,没有人知道他站在房檐下想的是什么,又有怎样的波澜起伏。"走!"国王 B 挥挥手,但刚走了两步他又退了回来,踹开屋门。

他走进房间,用他的皮靴朝着地上的血污狠狠踩下去:"杀,杀,我杀了你! 杀!"

在雨水中,国王 B 皮靴上的血迹很快就被雨水冲刷得干干净净,只剩下水渍和泥渍。在雨水中,国王 B 并没有朝着军营的方向走,而是随意地敲开了另一家人的大门:"开门! 你知道国王 B 吗? 你是否听闻过他的威名? 你觉得他怎样?"

开门的是一个七十多岁的老人。他用自己布满白内障的眼朝着国王 B 的脸用力地看着,看着,有些漠然。"我

58

问你,你知道国王 B 吗? 知道他所建立的霸业吗?"国王 B
几乎是在呐喊,可开门的人却无动于衷,他仍然努力地朝
着国王 B 的脸上看。

杀。国王 B 从牙缝里挤出一个字,头也不回。他朝另
一扇门走过去,黑色的大门好像预感到了什么,它摇晃着,
发出了两声沉沉的闷响。

无论是正史还是野史,都曾从不同的角度记载了国王
B 的屠杀。作为正史,《钟鼎正文》略去了国王 B 展开屠杀
的具体细节,只是说"王遭众漠,故屠民近百"——国王 B
受不了众人对他的漠视和冷落,所以开始杀人。而在诸野
史中,它们为国王 B 的屠杀增添了油和醋的成分,其中以
《稗史搜异》的记叙最为有趣。

国王 B 找来一位商人:"你知不知道国王 B? 你听没听
说过他的威名?""当然,当然听说过。"商人答道,"我知道,
我知道。""那你还知道什么?"商人抬起头来回答:"我知道
他住在一座大房子里,房子大得……这么说吧,从这头走
到那头天就黑下来了,从那头再走回来天就亮了。国王长
得很胖,他有很多的老婆还有很多没有名分的女人,也有
很多的孩子。当然,他也有很多的金银财宝,钱多得花不

完,每天吃饭,他只吃鹦鹉的舌头、凤凰的爪子、牛背上大约三两的肉……""除此之外你还知道什么?"那时候,国王B没有怒气,他听得似乎兴致勃勃,尽管这位商人说得并不离谱,却充满着想象的性质。"我还知道,我还知道……他的权力可大了。他想做什么就做什么。他想杀谁就杀谁。"

"胡说。"国王B笑了一下,"国王也有许多的难处,他也不会随便地杀人。"

商人立刻呈示出诚惶诚恐的样子:"是是是,我胡说,我并不知道国王B是怎样的,我也不知道国王B是胖是瘦是高是矮,我都是听人说的,这位官爷您可千万别怪罪。我就是一个小商人,安分守己地交税,我哪能知道……"

"没事没事,没有人怪罪你。"国王B的心情不坏,"你看我,像不像国王?"

"您可别瞎说! 哈哈,传到国王的耳朵里,您是会被杀头的!"

"你看我,像不像?"国王B的脸上带有微笑,如果这位商人不说下面的话,大约他就不会死,国王B的屠杀也就不会进行。可是,他说了。

——您？您不像。国王多威风啊,他出门,一定会坐在高高的马上,头上戴着金灿灿的王冠,上面嵌满了金银珠宝,他的衣服也都是用金丝和孔雀的羽毛织成的……再说,他得前呼后拥,跟在后面的人一眼望不到边,敲锣的、打鼓的、摇旗的、呐喊的……不瞒您说,我所见到的最威严、最有气势、最有高高在上的感觉的人是某某将军,当时他的军队经过封榆镇的时候我去看了,我还为他捐献了三十匹棉布和二十只羊呢!您知道为什么那里叫封榆镇?在将军到来之前,它本来叫漠前河,将军在经过漠前河的时候看到一棵高大的榆树,是走南闯北的将军所见的最高大的榆树。于是将军停下来对大榆树说,如果我们能够成功,我就把你封为二将军……某某将军走后,这里就改名封榆镇啦!要是像国王,某某将军似乎比您更像一些……再说,国王闲着没事儿来我们这么一个小镇干什么?除非他是个疯子!

没有人能够阻拦这位商人,而他,也没有注意到国王 B 的脸色和焦急的大臣们的脸色。他口中提到的某某将军,正是国王 B 要讨伐的那位——跨过沙漠之后反叛了王国自立为王的那位。

以国王 B 的性格,后面的故事可想而知,顺理成章。

因为个人的习惯我决定回避对于屠杀场面的描述,它太过血腥和暴虐,我一向不喜欢血腥和暴虐的成分,在国王的故事中我也准备尽可能地回避它,把它交给一种简略与迅捷。接下来,我要简略而迅捷地说出的是,国王 B 就像一个被愤怒和火焰烧灼着了的大火球,他的身体里浸满了愤怒和灾难的火星,他一家一家地敲门,然后一家一家地杀过去……历史上记载,落桑镇曾有三百余户,有上千人口,在《钟鼎正文》记述"王遭众漠,故屠民近百"之后它却永远地消失了,永远地,几年之后它被沙漠所吞没,成了沙漠的一部分,世间再无它的位置。在返回京城的路上国王 B 还因为相同或大致相同的原因,对一些村镇的民众进行了屠杀,不过规模小得多,只有野史才会对那些"小得多"的屠杀有点兴趣。在国王 B 五十七岁生日即将来临之前,他,终于回到京城。

然而,回到京城的国王 B 已经不再是国王。国不可一日无君,何况国王 B 无效的征讨用去了近三年的时间——他的儿子,已经在他率兵讨伐的第三个月,在各位大臣的拥戴之下继承了国王 B 的王位,成了新国王。

经历了征讨的失败和种种挫折的国王 B 并不甘心如此，他身上突然地充满了年轻时的勇气——将士们，我，才是真正的国王，现在我命令你们给我杀回京城，把叛乱的贼子一个个消灭掉！现在，你们奉献勇气、毅力和生命的时刻到啦！我知道你们也不会甘心，就像一群斑鸠被小小的麻雀偷占了巢穴！拿出你们真正的勇气来吧！我要让他们这些自不量力的乱臣粉身碎骨！

但事与愿违，战事的发展根本不像国王 B 的想象。他所率领的八千人距离京城还有四十里，便被早早埋伏好的新国王的军队夹在了中间，而这支原本的精锐和虎狼之师也不复有当日之勇。很快，国王 B 的部队就溃不成军，很快，国王 B 的八千军士就出现了哗变，他能指挥的只剩下三千人，一千人，三百人……国王 B 是被哗变的士兵从一堆灌木丛中找到的。他的头钻进了灌木丛但屁股却完整地落在了外面。哗变的士兵将国王 B 拎出来，有人还故意用长矛划他的屁股。如果不是新国王的军士制止，国王 B 很可能会死在自己带回的士兵的手里，而且很可能体无完肤。

从战斗开始到国王 B 被擒获，一共不过七个小时，小半天的时间。这是国王B所经历的最为惨痛也最为难堪的一次失败,他变得那么弱小而无力,仿佛任何人的一根手指都能把他捅倒。

国王B在皇宫的后花园里度过了他的晚年。这里成为他孤单的居所,新国王为了保护自己的父亲而强化了守卫,没有谁可以接近他。后花园里,国王B的沙盘早已被废弃,新国王平整了地面并在上面种植了几百棵松树,它们高高地、冷漠地生长着,这座花园慢慢地改变了模样。晚年,国王B改掉了穿皮靴的习惯,即使在冬天,他依然要穿一双薄底的布鞋,为此他的脚趾曾多次被冻伤,可那跟随了他大半生的足部溃烂的疾病却不治而愈。它不再那么臭。

在国王B的晚年,他总是叫身边的老太监去松林和草丛间搜捕各种虫子,最让他喜欢的是一种笨拙的、有着黑色外壳的甲虫。国王B在花园里找了一块空地,然后让老太监把这些虫子一一放在地上——他用一根木棍或什么硬物将那些甲虫翻过来,让它们笨拙地挣扎,缓慢地翻身,而一旦它们翻过了身子国王B的木棍和硬物就派上了用场,他会让它们再翻过来。国王 B 喜欢看它们的挣扎,喜欢它们在挣扎中的笨拙和无力。对于那些不听话或过于敏捷的虫子,国王 B 所要做的就是,啪——用木棍或什么硬物插入它们的身体。

这是国王 B 最后的征服。即将到来的冬天让他感到伤感乃至绝望。

国王 C 和他的疆土

出于个人的嗜好，我的叙述从国王 C 的一首关于流水和落花的诗开始。在那首得到广泛流传的诗中，国王 C 用一种貌似平静的语调说："夹带着花瓣、草叶和春天的流水从我的眼睛里滑过，向着远处漂去。在昨日，或者是更早之前，这种流走其实就已经开始，只是当时我是少年没有注意到罢了。此刻，我注意着流水、落花和它所带走的，我的眼睛开始发酸，我的眺望也已疲惫，可流走还在流走，而那些血迹一般鲜艳的花瓣也还是一片一片地落入到水流中，如此，连绵不绝。"

"春日、沉水、落花，我只能看着它们的消逝，看着，可无法挽留。"

……写作这首诗的时候国王 C 早已不再是国王，他丧失的可不单单是什么流水落花，他还丧失了军队、子民，以及全部的疆土。一年之前他就已经丧失了这些，成了国王B的囚徒。说实话他写下流水和落花的时候根本看不到流水，能见到的只有半树的花瓣——另外的那些花瓣一部分伸至墙外，一部分则落在了地上。没人打扫，国王C也不让人打扫，就这样铺排着、纷乱着，也挺好。

接下来，他依然用他惯用的平静语调写下"天上人间"。天上，人间。这两个词落在纸上，仿佛突然地具有了别样的力量，国王C的手指抖了一下，他的身体也跟着颤抖起来。初夏时分，京城的天气已经慢慢变热，可从国王C身体所表达出的信息来看，他，似乎正经历着一个很凉的秋天。

在国王C的住处根本看不见流水，他的后院是一片荒草，新芽从去年枯掉的部分钻出来，而有些淡黄色的花儿也在其中默默地开着，国王C叫不出它们的名字，不过，国王C却能从这些淡黄色的花儿中间看到自己。

那种孤单，那种飘零，那种无力的摇曳。那种从一片旧日的枯萎和衰败中勉强挣扎着，勉强地露出一点儿新生来的余力。国王C感觉自己身上的余力其实已经耗尽，他所有的,都只剩下麻木和勉强。

自从被囚禁之后,国王 C 的全部空间就只剩下这栋房子和这座院子,而他自己还再次将留给他的空间缩小了大半,他只在卧室里、客厅和前廊处走走,无所事事地来来回回,然后停下。

每日里,他除了无所事事就是眺望,写诗,弹一些《花开不复久》之类有些伤感的曲子……这其实也是无所事事的一部分,相对于他作为国王时期的繁忙,这当然是无所事事。每日里,他更深的无所事事就是一个人躺在床上,静静地躺着,从左边翻到右边,然后再从右边翻到左边。

那时候,他醒着。国王 C 并不热爱睡眠,他不。他只是试图让自己成为一块不行也不动的木头。

国王 B 说:"你真是一个很不错的琴师。"

国王 B 说:"你真是一个很不错的诗人,不错。"

国王 B 说:"你真是一个很不错的画家,我早就见过你的画儿,画的是一棵柳树和几株荷花。可惜的是,格局太小。如果是我,我会画一只苍鹰和一座巍峨的山——我想那样的画你可能并不擅长。"

国王 B 说:"你还真是一个不错的棋手,这是我没有预

68

料到的。"

国王 B 说："你说你吧，真是什么都精通。如果不是生在帝王家，唉。"

国王 B 说这话的时候国王 C 在一边安静地听着，听着，他点头："你说得对，我把我的精力都用在了这些不靠谱的杂事小事上，当然是昏聩和无能的。现在，这片国土已经尽归国王你，恳请你能善待那些无辜的子民……当然，你怎么做都是对的。"

国王 B 哈哈大笑："我的子民，我当然要顾念。只要他们不存二心。如果他们存有二心，那等待他们的就是雷霆，就是风暴。"

国王 B 的笑声那么洪大，它充满了房间的每一个角落。

此时，国王 C 放下手里的笔，他带着种种未曾用尽的情绪转向自己的琴。这把琴是旧物，是他在出降的时候带到国王 B 的京城的，国王 B 让人把琴和纸笔一样不落都送进了这座宅院。"你还是继续写你的诗，画你的画，弹你的琴吧，"国王 B 说，"你也许更适合做这些。"

不过,琴,已经许久没有弹了。他的手伸向琴弦,然后又滑开,他决定不再抚琴,这,是他之前就决定好的。

在他和自己的王后分开,在他的王后被国王 B 的使者接进国王 B 的王宫之后,这把称为"焦头"的琴就再没有弹过。它的上面,已经有了些许灰尘。大约一个月前,他对为他打扫房间的老宫女说,别去动它,别动它。我害怕听见,我害怕琴弦所发出的声响。

不让老宫女动的,还有一张棋盘。它摆在院子里的凉亭里。

它,并非国王 C 的旧物,而是国王 B 的赏赐。国王 B 告诉他,这个棋盘来自昆仑山,而它的棋子,黑色的取自战马的后蹄,白色的则是由战士的头骨最坚硬的部分磨砺而成。"这样,你调动你的棋子,就能感受到身处战场的感觉。"本来国王 C 是不敢接受的,可国王 B 一定要他留下。"还是想想你的那些战死的士兵们吧,他们,也许有话要说给你听。"

棋盘的上面落有尘土、鸟屎和干枯的花瓣,以及小小的花蕊们。它的上面还有一些小鸟留下的爪痕,鸟的爪痕之所以都能显现出来,当然是尘土太厚的缘故——国王 C

在棋盘的前面坐下来,他用自己的衣袖擦拭着尘土、鸟屎和花瓣,擦过三次之后棋盘也没显得干净多少,不过落叶、花瓣没了,鸟屎的痕迹还在。国王 C 从桌子下边拿出棋子,一粒一粒地擦拭着。他先擦的是白色的棋子,在擦了十几粒后开始擦拭黑色的棋子——这时,他真的擦出了马嘶的声音、刀剑撞击的声音,以及战士们被砍断脖颈、从马背上摔下去的声音。

原来,它们是存在着的,它们真的隐伏在这个小小的棋盘里,隐伏在这个更小的棋匣里。

自从国王 C 出降以来,下棋的对手便只有一个——国王 B。在国王 B 愉快或者不愉快的时候,在他的某支部队在征战中遭受挫折或者屡遭挫折的时候,在国王 B 又获得了怎样的胜利的时候,他就会找出时间来国王 C 的院子下下棋。平心而论,国王 B 并不是一个良好的棋手,他总是疏于计算横冲直撞孤军深入,若不是出于某种心照不宣的禁忌,国王 C 不会让国王 B 在围棋的对弈中感受到半点儿胜利的乐趣,但他不能。这一点儿其实国王 B 自己也非常清楚——“我就喜欢看你能赢却不敢赢的样子。我喜欢。不过,假如你真的赢了我,我当然就杀了你。而如果你输

71

得太快让我完全没有赢的乐趣，我也会毫不犹豫地杀掉你。你让我赢得太慢失去了耐心我也会杀掉你。我知道你是个聪明人，那就在这件事上展现你的才智吧。你已经没有了疆土、臣子和百姓，有的，也就是这盘不能赢的棋啦。是不是？"

国王C不能说不是。当然不能，他在下棋的时候付出着十二分的小心、二十分的计算，并且要观察国王B情绪的变化和起伏……很多时候，国王B是带着某种挫败感、焦虑感来和国王C下棋的，他会一边下棋一边把自己内心里的挫败、焦虑说给国王C。对他来说，这只"被囚禁的猫"没什么可怕，他早早地被自己攥在了手里，自己的存在对于国王C来说，就像断了腿的兔子面对体力充沛的老虎，最最盼望的也不过是侥幸而已。

而这时，国王C的角色也在变化，两个人在来来往往的过程中变得推心置腹，仿佛是直言不讳的朋友，仿佛是将军和谋士——国王C如同国王B的一个谋士，他努力站在国王B的角度为国王B的行动出谋划策——每一次，他总能带给国王B一种豁然开朗、柳暗花明的感觉。"是这样，对，就这样。"国王B盯着国王C的眼，"你并不像我想象的那么昏聩，可是你却丢掉了你的全部疆土。我在想，如果再来一次，你知道可能有这样的结局……也许结局就会改变，你还是一个国王，而我未必能够胜利。是故，一旦有一天我觉得我要不久于人世，我一定会下令先杀掉你。"

——"尊敬的、伟大的、万能的国王啊，你有些多虑。"国王C冲着国王B摊开了双手，"我有自己的王国、疆土和资源，有军人和百姓的时候都无法和你对抗，现在它们都丧失了，像我这样一个一无所有、生性懦弱的人又有什么可惧的？"

"你，是败在了懦弱上。"国王B终于找到了满意的答案，"你还会再次败在懦弱上，而我，却从未有这样的坏品质。我，只有我，才配成为一个卓越的国王，而你不行。"

国王B已经有段时间没有来了。

国王C并不期待国王B来，可他不来，同样令国王C坐立不安。

他总感觉，有什么东西悬在自己的头顶上，那个东西垂着一条长长的、可怕的影子。之前，国王C还会悄悄地用眼睛的余光向头顶的上方瞄上两眼，现在他已经渐渐失去了兴致。该怎样就怎样吧,无论怎样的结果、无论在哪个时间,悬在头顶上的东西掉下来都是正常的,反正都只能接受。

这样想,国王 C 的坐立不安会变得轻些,但时间的黏稠却一下子变得多了起来。从早晨到日暮,那么多无用的、苦闷的、堆积的时间摆在国王 C 的面前,他只能手足无措地面对着它们,让它们一点一点慢慢地耗尽。消耗可不是轻易的,何况它并不只有一时,只有一段儿——然后又是新的一天,新的一个早晨与日暮。一年的时间,一年中反复叠加的早晨、日暮消耗着国王 C 的痛苦、悲哀、忧伤、耻辱和更难说出的那些,使他渐渐地变成一块干枯的木头。

是的,他感觉自己在变成木头,有了木质的硬和干,甚至也有了木质的花纹。他的嘴唇是木头的,他的下巴是木头的,他的鼻孔是木头的,他的心脏与下半身,也是木头的。"我正在变成木头,"他和自己的王后说过,"我感觉得到,我正在变成木头。而之前,我觉得自己是一条鱼。"

他真的变成了木头,在他的王后被国王 B 的使臣带走的时候,在王后哭泣着希望能把他拉住的时候,他感觉自己真的变成了木头,他在麻木之中竟然没有痛苦和悲伤,仿佛那一切的发生与自己并没有关系,他只是在观看一场散场后又会聚集在一起的戏剧。

在王后被带走之后,国王 C 才开始有了一些感觉,他对自己感觉陌生:我本来是应该阻拦的,是应该哀求的,是应该愤怒的——可为什么我竟然没有呢?我是在什么时候丧失的感觉?

我还在恐惧吗?似乎也不,我对恐惧也麻木了。我想不起我还有什么好恐惧的,我也找不到恐惧在我身上留下的影子。可是,我为什么就变成了木头,一点点的表示都没有?

……

作为木头,国王 C 的一天也丧失了早晨和黄昏的存在,他站在一个地方就会在那里生根,坐在一个地方就会在那里生根,当然躺在某个地方,也就会像一棵半枯的树,在一侧重新生出抓住地面让自己稳定住的根须来。有一天,他从早晨起来就坐在了栏杆边上,眼睛一眨不眨地盯着树上慢慢开出的花儿,盯着被风吹动的树叶,他似乎看到了看不见的流水,看到了看不见的旧日光阴,看到了……他的"似乎"没有和任何一个人提及,之所以在我的文字中出现这样的猜度,主要是因为他的那首流水和落花的诗,在里面,他提到了流水和旧日的欢笑,而它们是看不见的。

据说——《进园随笔》中记下了这个据说,据说国王 C 在某个早晨真的变成了木头,变成了栏杆的一部分,有两只叽叽喳喳的麻雀叽叽喳喳地吵闹着落到他的肩上,根本没有把他当作一个有生命的活物,它们那么叽叽喳喳地吵闹着在他肩上完成了从相识到爱恋的全部过程,然后前后飞走——这两只麻雀没有受到半点儿打扰,国王 C 始终一动不动。

还有一次,国王 C 用一整天的时间躺在床上,他把一种貌似平静的表情从早晨保持到黄昏。老宫女给他端上饭菜:早晨的、中午的、晚上的,它们在茶几上依次地放着,同样一动不动。"是不是……"心存疑虑的老宫女走到国王 C 的床前,在他的眼睛上晃了晃手,又晃了晃手——国王 C 的眼睛仍是直直地盯着上面,里面的空洞让人恐惧。老宫女压抑住恐惧,她再次在他的眼睛上晃了晃手,又晃了晃手,这次老宫女晃手的幅度有了扩大,可国王 C 依旧是那副沉沉的、木头一样的表情。"不好啦。"老宫女向屋外跑去。就在她跑到门口的时候突然一个声音叫住了她："以后，不要在我的面前晃你的手。"

那声音仿佛是包含了沙子，或者是干枯的叶子被什么挤在了一起。

（对于国王 C 的发呆，老宫女和国王 B 的特使都曾对国王 B 进行过汇报，他们还抄录了国王 C 写下的诗。而国王 B 总是淡淡地一笑。"他现在只剩下怀念了，就让他怀念去吧！"）

每次国王 B 心情好或不好，每次他找国王 C 下棋，在最后他总是要国王 C 叙述一遍疆土丧失的过程。可以想见这是一种难堪和屈辱，但国王 C 在一遍遍的叙述中渐渐地趋向平静，后来，他完全可以做到就像是在叙述一个他人的故事、一个传说，与自己毫无关联。他说在他出生的那年他的国家拥有五十四个郡、六十九座城池，那是 C 国最为强盛的时期，每年各个郡县的官员都会为 C 国的国库运送数不尽的粮食、布匹和金银。到了国王 C 四岁的那年，西南的两郡发生了叛乱，随后战火逐渐蔓延，而在他十八岁成为国王的那年,他的疆土只剩下三十二个郡、四十座大小不一的城池。到他二十二岁那年,他的叔叔起兵叛乱,十一个郡都在战火中成为焦土和灰烬,他的百姓十有五六都流离失所,国库的积存也渐被耗去。而到他三十一岁时,国王 B 的讨伐开始了,于是他的疆土日渐缩小最后剩下一座孤城,最后,他只好出降。在某一次的叙述中王 C 很不理智地发了一次感慨,他说人生就是一种不断丧失的过程,不断地丧失,无论你是否知觉到它的存在。国王 B 笑得眼泪都流出来了:"胡说,纯粹是胡说! 是你,是你一人在丧失,你看我,我倒觉得人生是不断得到的过程,不断丰富的过程,哈哈,我以后得到的会更多! 我现在已经是历史上最有雄才、疆土面积最大的国王啦!"

——如果国王 C 像往常那样点头称是,不再做出任何解释事情也就过去了,可那天,他因为刚刚为国王 B 贡献了一个堪称精妙的计策而小有得意,或多或少忘记了自己阶下囚的身份:"尊敬的、伟大的、正确的、万能的国王,我当然说的是我,而不是你。不过我觉得这种丧失在你的身上也存在,只是你自己没有察觉到,譬如时间啊什么的。我之前也没意识到自己丧失的是什么,我是慢慢地察觉到的,我想你也会如此——有些是你完全忽略的、并不在意的,可当它真的失去之后你就会觉得……"

"打住。"国王 B 没让他说完。国王 B 的脸色那样灰暗,他用一种恶狠狠的眼神盯着国王 C 的眼:"你说,你现在还有什么没失去? 你剩下的还有什么?"

就像是一盆含有冰块的冷水,国王 C 追悔莫及。这时,他已经失去了更改的机会,只好认真地回答:"尊敬的、伟大的、正确的、万能的国王,我已经丧失了我所有能丧失的,再没有任何一件多余。我现在,远不如一个农夫或一名士兵所拥有的更多。"

"我问的是,你还剩下了什么?"

国王 C 想了想:"这个院子。两棵桃树和三棵槐树,一棵松树,它死掉了大半儿。一个仆人,一匹只能在院子里来回跑的马,一辆走不出门的马车,一把琴……我的王后和我自己的身体。"

国王 B 用他的鼻孔重重地哼了一声。"既然你那么愿意丧失,那你就继续丧失吧。"

——让国王 C 接着丧失对国王 B 来说没有任何的难度,只要他愿意去做。于是国王 C 的马车被砸碎在院子里,它被随意地堆放在槐树之下,没有国王 B 的命令没有谁可以将这驾不成样子的马车拉走。而那匹马,则被拴在另一棵槐树的下面,由几名军士用皮鞭狠狠地抽打,直到它再也发不出嘶鸣倒在地上死去。马肉被分割,老宫女按照国王 B 的命令将它做成几道菜,端上了餐桌。"我们也许应当喝几杯酒。"国王 B 说,"吃吧,我要看着你将它吃下去,我相信在你嘴里它肯定不仅仅是一块块的马肉。"

老宫女是国王 B 派到国王 C 这里的,在经过掂量之后国王 B 决定她还是要留下来,这是国王 B 需要保留的仁慈,也是他宴的见证。至于国王 C 的身体,国王 B 一时还不想:"你的王后也应当丧失了。她,要随我去,住进我的王宫里。"

国王 B 当然说到做到,国王 C 和他的王后无力阻止。

之后,国王 C 越来越像木头——一块真正的木头。老宫女在打扫房间时有意多次地触响琴弦,让它突然地震颤一下,清脆一下,轰响一下——可国王 C 根本无动于衷。"唉,这个可怜的人啊⋯⋯"老宫女突然有些可怜他了,她为自己有意的恶毒而感到羞愧。人家什么都没有了,人家的女人都被拉走了,我干吗还要⋯⋯(后来,这名老宫女为

80

自己的同情付出了代价,在国王 C 死后不久,接替了国王 B 的新国王便叫人挖去了她的眼睛。)

国王 B 的疆土在不断扩大;他的勇猛、暴虐和横冲直撞竟然多次让他和他的队伍逢凶化吉,从不可能中杀出了血路,进而是一个又一个的胜利。想不出还有什么力量能阻止国王 B 的征服。他的国土在生长和繁衍,他的军队在生长和繁衍,他的子民在生长和繁衍,他的财富和美女在生长和繁衍……没有谁还能够阻止他,没有——他的征服越多,国王 C 就越变得无足轻重,国王 C 不知道自己的无足轻重是应该庆幸还是应该悲哀。国王 B 忙于征服,他的雄心也变得强大,这时他也不再需要国王 C 的谋略和提醒,国王 C 被忽略了。

直到叛乱的发生,国王 B 的一个将军率领一支勇猛的军队跨过沙漠,在征服了一个遥远的国度之后突然宣布自己为国王,再也不受国王 B 的统治。暴怒的国王 B 决定亲率三十万大军前去讨伐。临行前,国王 B 突然想起了国王 C。他命人通知国王 C:国王 B 要在出征之前来找他下几盘棋。

略过对国王 C 来说乏味却又充满着危险的棋局，它没什么值得记下的；也略过国王 B 和国王 C 之间的对话，它也没什么值得记下的。值得记下的是国王 B 临走之前，他站在凉亭下朝桃树张望，那时，桃花开得正艳，但所谓的落英也就在开得正艳的时候像雪片一样落下。"你的王后死了。她本来，已怀了我的孩子。"国王 B 转过脸，他盯着国王 C，让国王 C 不禁打了两个寒战。"你知道她死的时候，我第一想到的是什么吗？我要杀了你。但现在，我改变主意了，我觉得你还是活着吧，既然你这么想活着。"

说完这句话国王 B 并没有离开，而是继续盯着国王 C 的眼睛和脸色，似乎在寻找着什么。然而国王 C 依然面无表情，他的脸上没有带出痛苦、悲哀、惊讶或者欣喜之类的半点儿波动……"你还真是天性怯懦。就是给你千军万马，给你广大十倍的疆土，你也最终会失掉的。你，就像是一摊烂泥。"

国王 C 依旧像块木头，他始终是木头，无动于衷的木头。

在国王 B 远征开始的那年，国王 C 慢慢地从木头的状态苏醒，这块木头有了水分，有了缓缓生出的叶片和茎干——之所以说他有了这些,是因为从那年夏天开始,国王 C 又开始写诗。

他写,我丧失了说话的能力,丧失了说话的欲望,但有些话却还存在着,积压着,纠缠着。它们就像一团无法剪断更无法理清的乱麻。我,带着这团乱麻一个人走向西楼,此时月亮小得就像是一枚铁钩,寒冷,清澈,无用。

他写,又是一年,花开了又谢了,那些可爱的、娇小的花瓣怎么经得起早上的雨打和傍晚的风吹!它们那么弱,那么美,而骤然到来的风和雨却坚硬无比,毫无顾忌,没有半点儿的怜惜。哦,我说的并不是花儿,我说的是我的美人和我自己,我说的是旧时的记忆,是离别,一次次的离别就像是一次次的撕碎,我已经越来越小。而人生长恨,连绵难绝。

他写,昨夜又有雨来,我不知道这是这个季节里的第几场雨了,在雨声中,我感觉自己的房子就像一条漂泊在夜晚里的船,四处都是无边无际的、广阔而空旷的黑暗。不得不提到狂风,它是更为凶狠和恐怖的怪兽,它把我的门帘一次次掀起,从外面窥视。我一个人在恐惧中坐着,透过摇晃的、微小的灯光,看得见狂风呼啸时所露出的尖尖的牙齿……

他写……

国王 C 写下这些诗,将它们抄录在纸上。他请求身边的老宫女:"你把这份诗稿送到王宫里去吧。如果你不愿意,可以在街上随便送给某个人,只要送人就好。"他请求老宫女:"这样,我把我刚刚抄下的这首诗丢过院墙,你就装作没看到好不好?你去厨房吧,你并不在场,不知道我做了什么。"

在国王 C 的身边待得有些久了,老宫女的恻隐之心一次次被唤醒,她开始可怜起这个一无所有也似乎一无是处的昔日国王。"好吧。你可要想好了。"

国王 B 的远征并不顺利,他最大的失误在于自己非要亲征不可,这样,他就把成为国王的机会送给了自己的儿子。半年之后,经历一系列或明或暗的争斗,经历一系列或明或暗的杀戮,国王 B 的儿子在众人的强力推举之下黄袍加身,成为偌大帝国疆土上的新国王,而远征中的国王 B 浑然不知。

B 国有了新国王的时间是在秋天的九月。按照常规国王 C 写下了新的降书和一封不算太长的贺信,在装入木匣的时候国王C沉思了一下又拿起笔,将自己的两首诗塞入了其中。十月,十一月,十二月,北风徘徊,万物凋零,白雪阻路……国王C感慨着寒夜的长和枕头的冷,写下一首首语句悲苦的诗。正月,初五。早晨,新国王的使臣踩着纷飞的雪花来到国王C的面前,他端着一个红色的酒壶,以及一只红色的酒杯:"奉国王旨意,今日送你上路。他愿你来生好运,不要再做什么国王。"

"谢主隆恩。"国王C跪下去。他在使臣的面前重复了新国王的旨意,他向使臣说他确实希望自己能有好运,不要再生在帝王之家。

雪下得很大,纷纷扬扬,洁净得让人感觉空旷。国王C端起杯子,仔细地观赏了一番:"你看这做工,这色泽……用它来盛毒酒,多少有些可惜。不过我感谢我们的国王,他赏我用这样好的器具。"

"本来,你可以……"老宫女的恻隐之心又一次泛起,她的动作和话语自然被新国王的使臣看在了眼里。"你说什么?"

国王C没让老宫女回答,他接下话茬,将话题转向自己:"你知道吗?我其实早就死了。现在不过是再死一次罢了。"

他说:"我终于把我的所有,能丧失掉的都丧失了。"

他说:"我早就死了,其实在我出降的时候就在等这一天,就在等这个结果。只是,我自己没有勇气来完成它。"

国王 D 和他的疆土

　　国王 D 的一生都是在路上度过的,但这并不意味他爱好出游。那是其他某些国王的嗜好,与我们的国王 D 根本毫无关系。不是的,在国王 D 的路上没有鲜花、流水、小桥和美女,即使有,国王 D 也不会有多大的兴致。也不能说国王 D 对那些美好的事物缺少敏感——确切地说,这个倒霉的国王一生都是在被追杀中度过的,这个失去了王国的国王,不得不像一只街上的老鼠那样疯狂地奔逃。风餐露宿。杯弓蛇影。草木皆兵。这些才是适用于国王 D 的词,这些词,可用在国王 D 六岁之后的每一天。由于不停奔跑,国王 D 的脚上有着比一般人厚出十倍的硬茧,据说,他如果踩在一枚竖着的钉子上,钉子不仅不会刺伤他的脚,而且会被踩进地里面去,或者木头里面去,只剩下一点黑色的头儿。对国王 D 来说,鞋子只是一种装饰,他的脚早就具备了鞋子的功能,走在路上,相对完好的鞋面还在他脚上一闪一闪,然而鞋底往往早已不知去向。

他早就习惯了。

只要到了深夜,一停下来,国王 D 就会回想他从接受加冕到国土全部丧失的那两个时辰。那是国王 D 一生当中最重要最美好也最让他悲欣交集的两个时辰。也可以这样说,国王 D 的一生都是在他对那两个时辰的回忆中度过的,是那两个时辰支撑了国王 D 一生的奔跑。那时,他只有六岁。

事情的真相会在反复回忆中丧失,变得面目全非,这一点,国王 D 同样清楚。在他二十二岁那年,在一座破旧的寺庙里躺着看那些凉爽的星星的时候,国王 D 重新回忆起他从成为国王到丧失全部国土的那两个时辰。他回忆了一座金子做成的大殿。回忆了满朝的官员,从国王 D 的方向看去,看到的是一片晃动的、此起彼伏的头,就像一群浮在水面上的鱼。他从父亲的手上接过王冠,它已经不像过去那么重了,而且,戴在他的头上也并不像过去那样显得硕大无比。此刻,国王 D 还没有意识到自己对记忆做了多大的篡改,如果不是一片落叶落到他的眼睛上的话。落在他眼睛上的落叶让国王 D 吃了一惊,然后,他突然发现自己的回忆和事情的真相之间有着多大的不同。那个接过王冠的国王 D 竟然有和他相仿的年纪,在一次次的回忆中,六岁的国王 D 也跟着增长了年龄。再就是站立两旁的百官,正确的记忆应当是,他们中的多数都已不知去向。国王 D 的父亲举行了一个相当简单的仪式便匆匆地把王冠和象征国家的地图交给了他,然后匆匆结束。国王 D 一边哭着一边换上一件蓝色的布衣,和一个太监混在纷乱的人群中,开始了他一生的逃亡。

国王 D 对着夜晚的黑暗挥了挥手。星星继续凉着,露水落在他的身上使他的身体有些潮湿。国王 D 对自己笑了一下,他继续沿着他金碧辉煌的回忆走下去,这次,他甚至还签署了和 M 族人作战的命令,并拿起了长矛。他知道自己的回忆会和真实越来越远,但他决定走下去。六岁那年发生的事就像悬挂在天上的星星,他即使努力也不可能真正地走近。

出于对史实尊重的考虑,我想我必须对国王 D 的记忆做一些校正。让我们看一下他所记下的这两个时辰,在诸多的史书上是如何记载的。《右传》中说，M族人找了一个非常可笑的借口，然后兵发中原。他们势不可挡。只用三个月的时间，他们就侵占了大半个中原，随后围困了京城。在那种摇摇欲坠的惶恐之中，老国王将他的王位传给了国王D，传位的仪式尚未完全结束城池便被攻破了。混乱中老国王被乱军杀死，而新国王，也就是国王D却不知去向。《右传》还说，此后M族人多次悬赏捉拿国王D，但是却没有一个人发现他的行踪，于是，《右传》猜测说，想必国王D同样在乱军中被杀了，那时，他才是一个六岁的孩子。《榆林记史》与《进园随笔》中的记载与《右传》大致相同，只是《进园随笔》对国王D的父亲传位于国王D发了几句感慨，大意是，他不想做一个丧国的皇帝却想让他儿子来做，可这有什么意义呢？国家事实上在他传位的时候已经不存在了，他能传给国王D的，只是一个名字而已。在《稗史搜异》的记载中，国王D成为国王和成为逃犯之间的那两个时辰里发生的事情相当有趣，然而这本有趣的书一直被当作野史。小说不应当放弃有趣，所以，我还是记下了它——

悲凉笼罩了整个王宫。老国王在一个又一个战报的打击下垮了下去，只要让他遇上，他就会拉住你让你看他的头发:它们都白了。三个月的时间它们就白了,而且越来越白。要是你仔细盯上一会儿,你会看到一根根黑发变白的速度。那时候宫外杀声震天,宫里人心惶惶,能叫老国王遇上的人实在太少了,包括宫女和太监。至于大臣们则更不用说了,京城一被困住他们就都成了兔子和鸟,那些誓与京城共存亡的人往往跑得最快。老国王如果实在遇不到什么人就转过身来和跟随他的太监诉说,只要老国王一摘下他的帽子,他身后的太监就会端出一副痛苦的表情。他都听了三百多遍了。后来那个太监总结,只要老国王一回头,他的身上就会感到寒冷,他害怕任何人再提"头发"这两个字。

在这种情况下老国王看见了正在花园里捉蟋蟀的国王 D。国王 D 看了许多眼老国王的头发,然后用一种严肃的口气说:"父亲,你太累了,就休息一下吧。我们一起捉蟋蟀吧。"老国王一把抱过了国王 D:"好。好。我以后就捉蟋蟀了,国王由你来当吧。"他抱着国王 D,哭了。

于是有了那场短暂而奇怪的传位仪式。

这样的传位仪式自然没有它应有的庄重和威严,更缺少喜庆的气氛,它显得有些滑稽。来参加这个仪式的大臣们一个个神情恍惚,愁容满面。他们还在下面窃窃私语,然而他们的声音加在一起足以盖过宣读诏书的太监的声音。老国王用他的两只手拔出了剑来,他的剑非常生硬、迟钝地插入了那个太监的身体。十几个大臣相互看了几眼,他们的私语暂时停了下来,随着另一个太监的宣读,他们的声音又响了起来。

喊杀声越来越近,它们都震动了皇宫里的瓦和一些麻雀。鸽子或乌鸦在混乱中飞了起来,它们慌了,惊飞着扑进了大殿。十几个大臣现在只剩下四个了,好几个已在宣读诏书的时候悄悄溜走,而就在这仅剩的四个人中,也有三个在慢慢地向殿外的方向退去。老国王叹了口气,他制止了那个太监的宣读,然后拿起了王冠,将它戴在了国王D的头上。对此,《稗史搜异》用了一个夸张的比喻——王冠戴在六岁的国王D的头上,就像一个筐篮扣在一个未成熟的瓜的上面,显得空空荡荡。老国王苦苦地笑着,他宣布新的国王诞生了,按照惯例要大宴群臣,可是,现在皇宫里什么都没有,只剩下冬瓜和白菜了……有个大臣哭了,说:"现在都什么时候了还宴群臣,你你你还是叫他快点逃吧,也许还有活路。"于是,这场滑稽的传位仪式只好匆匆结束,国王 D 戴着他的王冠开始逃亡。

　　说国王 D 戴着王冠出逃是不确切的,在那样的兵荒马乱中,携带任何与他身份相称的物件都可能导致他的身份泄露。国王 D 之所以能够在逃亡中活到了二十二岁,其重要的原因之一就是,他没从王宫里带出任何的物品,包括那顶王冠。在出逃之前,国王 D 和他父亲还有跟随他一起出逃的那个太监,把王冠沉入了宫中一口废弃的水井中。到国王 D 二十二岁那年,他几乎天天要问自己一遍,是不是还记得王冠放在何处? 它的周围有几座假山? 有多少棵树? ……如果说国王 D 的记忆经历了多处篡改早已面目全非的话,那么,对王冠存放的地点却不然,它和当时的一切都是一致的,可能,改变的只是那口水井边的事物。譬如一棵树死了,一座假山倒塌了,而另一些原来没有生长的树开始了它的生长。

　　二十二岁那年,一个渐渐冷下去的秋天,国王 D 睡在山上的一座破庙里。他想着他的复国的梦想,想象他再次成为国王,拥有对于这个国家的至高权力之后,他要做的和能做的是什么。这样的设想仍然让国王 D 着迷,他往往会在种种的设想中让自己勃起,坚硬无比。

在国王 D 二十二岁那年,他的梦想仅仅是梦想罢了,M族人已经统治他的国家有十六个年头,几乎所有的人都已安于他们的统治,一切都在有秩序地进行,即使有人谈起国王 D 和他的父亲,也笼统地称作前朝旧人。那是已经过去的事了,就像一种烟云。

国王 D 痛恨所有的人,他们竟然那么快地遗忘了丧国的悲痛,忘了 M 族人的残杀,忘了他父亲作为国王时所给予他们的种种好处。他们竟然把他称作前朝旧人。甚至,有些人在他的面前厚颜无耻地称赞 M 国王的圣德,说他比前朝的那些狗皇帝可强多了。我们完全可以猜测国王 D 当时的心情,他的眼睛里有一团火辣辣的泪水晃动,在它们晃出来之前国王 D 会迅速地离开,他不能让泪真的晃出来。任何的一点不注意都会招致杀身之祸,即使在睡眠中,国王 D 也不得不提防悬在他头上的那把雪亮的剑。

在国王 D 的一生中,从来都没有过很沉的睡眠,一片树叶的坠落都可能将他惊醒,在瞬间,他就会运动他的那两只有着厚茧的脚,飞快地向阴暗处藏去。他不信任任何一个人,包括一直呵护他到二十岁的那个太监。在他二十岁那年,那个一直在他的身边和他以叔侄相称的太监病死在山中。这样的说法也不是非常确切,那个太监原本是病倒在一家客店的,在他奄奄一息的时候国王 D 将他背到了山中。国王 D 开始挖一个很大的坑。那个老太监在一旁艰难地喘着。国王 D 将坑挖好了,可那个老太监还在一旁艰难地喘息。于是,他又等了非常漫长的一段时间,然后将老太监放入了坑中。老太监还在艰难地喘着,没有死去。国王 D 对他说:"叔,我是真心叫的,用心叫的,等我得到了天下我一定重新安葬你,我会封你为王。可现在我得走了,我还有许多的事要做,但我放心不下你。山上肯定有狼、虎和豹子,如果我走了,它们来了,那你就死无全尸了。所以,叔,我现在就得将你埋了,你放心地睡吧。不会有人再来打扰你了。你教我的功课我会继续做的,认真做的。"

现在,让我们来回顾一下那个老太监带着国王 D 出逃的日子,算是对他的纪念。在国王 D 的一生中,老太监的存在举足轻重,我无法设想假如他不存在,国王 D 的一生会是什么样子。奔波和灾难会不会在很短的时间里就将国王 D 压垮。

在最初出逃的日子里,他们躲避着所有的人,假设 M

族的马队在路上经过,他们就会冒两身的冷汗。自己人也不行,谁知道别人会不会捉住他们去邀功领赏。他们真的被土匪捉住过一次,而且土匪在他们的面前杀死了好几个已经瘫软的人。幸亏老太监急中生智,他说他们是来投奔大王的,他们愿意留在山上做事。如果不是 M 族人的清剿,国王 D 也许会和老太监一起做一辈子的喽啰,他们在混乱中得以脱逃。国王 D 好像天生就具备躲过追踪的能力。后来,国王 D 还曾有一次不慎落水,一天之后他才在河的对岸醒来,三天之后,他才迎见了寻他而来的那个老太监。

在最初出逃的日子里,国王 D 他们一直颠簸在山路上,一边躲避着人一边躲避着野兽和毒蛇。可以想象,树枝会怎样划破他们的衣服和皮肤,饥饿会怎样如影相随,寒冷和炎热会怎样穿透他们的身体。那段时间,他们除了不停地躲避躲避,不知道还有其他的事要做,他们也不知道自己会走向哪里。不得不承认,他们两个能够撑过那些艰难的岁月实在是个奇迹,身心的疲惫足以让苦更苦,然而,他们还是撑过来了。

国王 D 十一岁时,他们俩开始试着和其他的人接触。

那时,离乱的年代已经远离了百姓们的生活,对于国王 D
和他父亲的王朝恍若隔世。国王 D 和那个太监,他们以种
种的借口出现在一些士绅和书生的家里,其结果总是失望
而归。每走出一户,国王 D 总要狠狠地朝他背后的门看上
两眼,他暗暗发誓,假如有一天他重新夺回中原,所要做的
第一件事就是,杀,杀,杀。他们,竟然根本不念"前朝"的
好处,竟然跟随了 M 族人,竟然只贪图眼前的安逸而放弃
了传统的道义。这样的进进出出实在多了,以致国王 D 在
走进门之前就已经确定要把这一家人满门抄斩。当然,在
走入士绅和书生们的家门的时候他们是极为小心的,他们
借用的是维修旧家具的幌子,所有的试探都只能浅尝辄
止。好在,没人把他们的出现与出逃中的国王 D 联系在一
起,在别人的眼里,这叔侄二人怪兮兮的,当是远方来谋生
的木匠。

可以设想,国王 D 一旦重新掌握这个国家,他会真的
大开杀戒。在他的心里埋下了太多仇恨的种子。因为恨,
他常常觉得自己的牙隐隐作痛,他总期待,有朝一日他会
得到爆发。

有段时间,国王 D 期待天灾人祸的爆发,所有的百姓

苦不堪言,民不聊生,然后纷纷造反。他期待 M 族人无缘无故地多杀几个汉人,好让他们的亲属仇恨。他期待……可是,他所期待的总不发生,至少不像他所期待的那么严重,很快,所有的生活又都恢复到平静中。对于这样的平静,国王 D 也痛恨着,可他无能为力。

曾经有近一年的时间,国王 D 和老太监在一个不算繁华的镇上居住,经营着一家木器行,为当地的居民打一些木质的家具或者是在家具上雕花。老太监也叫国王 D 学习一些木匠的手艺,他的出发点是为了让国王 D 过上一种相对安逸的生活,可是,国王 D 对安逸但却平庸的生活心怀怨恨。他常用摔摔打打来表示他的不满。

那年,国王 D 看中了镇上米行老板的三女儿,她那年十七,长得不算非常漂亮,但小巧,有些秀气。经过了几天几夜的茶饭不思,国王 D 叫老太监前去说媒,然而老太监刚刚表明来意就遭到了拒绝。"这是不可能的,"米行老板说,"你不要再打她的主意,她是不会嫁入你们这样的人家的。我把她惯坏了,她只吃云南的米,只睡杭州的丝绸被子。"最后米行老板说:"欢迎你们来买我的米,它是从云南运来的,质量确实不错,只是,价钱贵了些。要不是我女儿只吃云南米,我可能不会经营什么米行,而是卖一些陶瓷。我喜欢瓷器。"

国王 D 的牙痛了很多天。这对他来说实在是一个巨大的侮辱,巨大到它整个笼罩了国王 D,使他不能再看见什么。一个米行老板的女儿有什么了不起。云南的米又算什么。这些长着狗眼睛的瞎子!骂过之后,国王 D 又开始设想在他重新夺回王位之后,对米行老板一家人所可以实施的报复,他想,他要让米行老板的三女儿穿着丝绸的衣服在雪地里站着。如果是夏天,他就叫米行老板的三女儿裹在厚厚的棉被里,放在有毒的太阳下晒。他会叫米行老板一家人睡在狗舍里,用链子拴起来,只要有人走过他们就得学狗叫。他会叫人把米行老板的三女儿绑在树上,每日叫他的卫队将她轮奸一遍。他会……

对于未来的设想就像一张画饼,它遥远,太不确切,让人无法捕捉。然而国王 D 却乐此不疲,他一天的时间大致可分为五段:行走,寻找食物或吃饭,回顾一生中最重要的那两个时辰,对未来也就是他重新成为国王的设想,睡觉。其中回顾过去和展望未来两段是紧紧相连的,完全可以合并,它占去了国王 D 一生当中相当大的一部分。有时,幻想会让他显得狂躁不安,让他的眼前出现种种幻象,在幻象的面前,国王 D 重新恢复为一个帝王。某一天,国王 D 命令老太监剪掉院子外面全部的菊花,他说:"杀,杀,杀,把这些谋反者这些 M 族人全给我杀了。"第二天,他看着菊花光秃秃的花茎,惊异地问站在他身边的老太监:"我的花呢? 它们怎么啦?"

在国王 D 的身份被泄露出去之前,老太监变卖了所有积蓄下来的资产,带着国王 D 重新踏上了逃亡的路。其实他所做的可能根本没有必要,因为 M 族人对国王 D 的追杀已经放松了许多,街上、路口早已不见了国王 D 的画像。再就是周围的人也没有真的把他们和国王 D 联系在一起,只说:"老木匠家有一个总想当国王的疯子。"国王 D 的行为只会遭到耻笑,而不会遭到残杀。

现在需要进行插叙的是,从国王 D 六岁开始直到老太监死去,几乎是天天,老太监对国王 D 进行着培训,他教给国王 D 如何才能当一个合格的国王。尽他的所知和所能,教给国王 D 有关文官、武将等级的区别,以及他们各自的职责;一个国王出行的规矩,用膳的规矩,到大臣家、到百姓家视察的规矩;何时去孔庙,何时去祈年殿,何时必须过问农业的事;在批阅各类奏章时做批注的规矩,各类诏书的书写方式;等等。不得不承认,这个一直被老国王视为心腹的太监是一个有心人,老国王把国王D交给他让他带着年幼的国王D出逃是有道理的,足见老国王的用心良苦。这样的培训即使在最初的危险的出逃中也未间断。他们一边在阴暗处奔跑,一边气喘吁吁地进行着问答。

这样的培训是相当枯燥的,对于任何规矩的学习都是枯燥的,有时也真难以想象,国王D会在那种不断逃亡的过程中把他的学习坚持下来。他还寻得了一些关于谋略和历史的书籍,他还用一根根木棒或竹棍练习着书法。

在国王D十六岁那年,他已熟知了老太监教给他的所有礼法,包括骑马出巡时他应当在一个什么位置,哪一级哪一类的大臣在向他朝拜时需要客气一些,甚至要赐一个座位。外国的使臣来朝见时,国王D应如何让他感觉到热情和重视,同时又不失一个大国国王的尊严。在国王D十九岁那年,他对《孙子兵法》能够倒背如流,而且掌握了一个国王应当掌握的权谋。这里,我想在这段插叙中再加入一段插叙——大约是在国王D十五岁或者是十七岁时,某一天,他突然问太监:"叔,你一直让我叫你叔是不是违反了规矩,我是应当治你的罪的,是不是?"老太监愣了一下:"国王,现在是非常时期,我这样做是老国王的吩咐,这都是为你好啊。"国王 D 笑了,他笑得相当阴冷:"按照我们某某律的第某某条,某某律的第某某条,你都该死上千次了。可是,在我们的律法之中从未出现过非常时期可以违反的说法。叔,你说怎么办呢?"……最后,他们达成了协议,老太监狠狠地抽自己的嘴巴,直到国王 D 满意为止。老太监泪流满面地抽着耳光,声音响亮。大约有五十多下了,国王 D 叫他停住:"叔,我是和你开个玩笑,你又何必当真呢。不过我下面的话却是真的,请你记住。等我夺回我的江山,我会封你为皇叔,赏你万两黄金。叔,你抽了自己五十耳光,我会在金銮殿上叩五十个头还给你的。"

在国王 D 二十岁那年,老太监被国王 D 葬在了山中。那时,国王 D 是踌躇满志的,在他走下山来的时候有意甩掉了自己的鞋子。他要用自己的脚走在路上,走在那些石子、草叶和土块上。那时的国王 D 一身轻盈。他感觉自己终于摆脱了。

然而摆脱是要代价的。代价之一便是,国王 D 学习了谋略学习了礼仪学习了种种行事规则却没学任何一种谋生的手段。这让他的生活举步维艰。他也曾谋得过一些诸如会计、教书先生之类的活，可他却难以胜任自己的工作。再加上他作为国王的脾气。我想还是略写他在具体生活中所遭遇的艰难和不幸吧，这样的艰难和不幸许多人都遇到过，你完全可以根据自己的想象来补充。每个人——几乎是每个人，都经历过自己的生活与理想之间越来越大的距离，这一部分也可以略写。反正，国王 D 最后又不得不来到山上，出现在一座破旧的庙里。他那时，是靠自己的回忆和幻想生活。除此之外，他还依靠乞讨一些食物和偷拿摆在庙里的供品充饥。但是，山上的这座破庙很少有人来，他也很少能得到供品。

国王 D 二十二岁了。他住在一座破庙里。看着凉凉的星星和已经枯黄的草，悲凉便在他的心里蔓延开来。有时，在深夜，他被露水打醒，一边流着泪一边冲着月亮和星星喊上两声。这并不会让他的心情轻松。

一天，一个乞丐出现在那座破庙里，他出现的时候国王 D 不在，那时，国王 D 在山下。乘着月色返回破庙的国王 D 是兴奋的，他意外地得到了大约二两银子，这对他来说绝对是一个不小的惊喜。他撞开了破庙的门。他意外地看着那个抢占了他位置的乞丐。那个乞丐闭着眼睛。他有一双散发着恶臭的大脚。

国王 D 还是忍住了。他只好重新找来一些草铺在地上。这些草更为潮湿，躺在上面仿佛有上千只虫子在下面爬，而且对面的恶臭如同层层波浪一样涌来，国王 D 还是忍住了。他也闭上眼睛，用回忆六岁那年的两个时辰来抵御虫子和恶臭的侵袭。慢慢地他竟然睡着了。

很快，国王 D 就被惊醒。他看见，那个乞丐竟然正蹲在他的面前，而乞丐的手中拿着的是他刚刚得来的银子。"你给我放下。"国王 D 说，"你不能拿我的东西。""凭什么说这是你的？是你的也是偷来的，你能偷我就不能偷吗？"那个乞丐把银子放进了自己的衣服里。

"我再说一遍，你给我拿出来。"

"屁。"那个乞丐没有理会国王 D，他朝着他刚刚睡过的那堆干草爬去。

这时国王 D 爆发了。积攒了这么多年的屈辱、仇恨和愤怒，国王 D 带着它们终于爆发了出来。他把那个乞丐按在地上，用他恶狠狠的拳头一下一下砸下去。乞丐的头流血了。鼻子流血了。血流到了国王 D 的手上，这更让国王

D兴奋不已。他没有理会乞丐的求饶,恶狠狠的拳头还是一下一下地砸下去,一下比一下用力。他忽略了乞丐的手,忽略了乞丐的手在慌乱中抓起的一块石头,而这个忽略是致命的——石头砸在了国王D的脸上。只一下。国王D的鼻梁断了,一只眼睛也被打得粉碎。只一下,国王D就倒了下去,再也没有起来。

直到那个乞丐被判处绞刑,他也不知道自己杀死的是一个国王——一个熟知宫廷礼仪和谋略、能把《孙子兵法》倒背如流的国王。他只为自己非要抢人家二两银子懊悔不已,为没有用那二两银子买一件像样的衣服懊悔不已。他觉得自己死得应当体面一些,至少是,比被砸死的那个乞丐要体面一些。

……

国王 E 和他的疆土

　　往事不堪回首。你不可能比国王 E 更理解这六个字的重量，你不可能比他更清楚这六个字里都包含着什么。他感觉，这六个字，如同一服中药熬出的药渣，他一遍遍地咀嚼，把其中的苦、涩和麻都嚼到自己的嘴里，然后慢慢咽下。这样的日子日复一日，国王 E 感觉那种苦、涩、麻已经渗入自己身体里的每一部位，现在，他整个是一个苦人儿。

　　往事不堪回首。此刻，国王 E 已经成为国王 A 的阶下囚，被封为"肉袒公"，在领取这一封号的时候国王 E 并没有感到特别的屈辱，之前的屈辱已经足够他咀嚼了，这份屈辱相对而言大约只有三根稻草的重量，对此他早已麻木。往事，不堪，回首，国王 E 的一切"往事"都在一年之前成了流水落花，他努力让自己不去回想，努力让自己忘记。

然而,他的努力在梦中却不起作用,梦总能很轻易地撕开他苦心织成的布,让他的往事在幕后重新上演。温暖的梦于他也是一种刺痛,它会在他醒来的那一刻碎成点点碎片,而国王 E 更多梦见的是自己的出降。在梦中,国王 E 完全是孤身一人,狂风呼号,飞沙阵阵,四处一片昏暗。他战战兢兢地走着,那条路那么漫长,仿佛生长着荆棘、毒蛇和狼牙。在梦中,国王 E 被恐惧紧紧扼住了咽喉,他想回头,而背后的城,背后的一切完全消失在昏暗中……醒来时,国王 E 也会奇怪自己怎么会做这样的梦,这并不是真实的。真实的情境和梦中的完全不同,他出降的那天风和日丽,城外的路边开满了鲜艳无比的花儿,鲜艳得晃人的眼。他出降的那天也并不是孤身一人,他的背后是灰头灰脸的大臣、灰头灰脸的将士和太监,还有哭声连绵的宫女和王妃。那天,一只不知名的鸟把一粒屎拉到国王 E 的额头上,而国王 E 固执地推开了太监的手——他带着这粒鸟屎一直走到国王 A 的队伍面前。

肉袒公府有一个大院子,因为疏于收拾里面长满了高高低低的杂草,它们在风中摇曳仿佛每个叶片上都沾染着细细的荒凉。国王 E 对此完全视而不见,他也不要自己的太监和厨子去弄，他慵懒得没有心思。每日黄昏，国王 E 都会披一件外衣在院子的角落里坐着，坐着，像一块正在变朽的木头，直到黑暗吞没掉他，直到北方的冷浸入他的骨头。熬过了一年的时间，国王 E 依然很不适应北方的天气，他的故国在南方，往事在南方，一切的一切都在南方，而他自己却像一株水土不服的植物被移植到这个被称为北方的地方——肉袒公府。一年的时间，国王 E 放弃了自己的全部爱好，只剩下一个，那就是坐在角落里，向遥远处眺望。他眺望的方向并不一定是南方。

那一日，国王 A 来到肉袒公府，看得出他有非常高的兴致。他对国王 E 讲述他一年来的赫赫战功，讲述他对 B、C、D 国的占领，讲述他疆土的扩大……国王 E 在适当的时候向国王 A 表示祝贺、赞颂，尽量让自己谦卑、谄媚，并有小小的怯懦和胆战心惊——国王 A 很中意国王 E 的表现，他一边命人为肉袒公的院子除去杂草，一边向国王 E 询问："你还想要什么？尽管向我讲来。"

国王 E 吃了一惊，他仔细品味着国王 A 的语音语调和表情——他猜测，国王 A 的这句话也许并无其他含意，而且来到肉袒公府的他显得兴致勃勃。于是，国王 E 沉吟了一会儿,然后向国王 A 提出了他的请求:"尊敬的国王,您看,我现在也没什么事做,天天吃不少的饭却不能为您有丝毫的分忧也的确让我心感不安。我也做不来别的,要不这样,请您允许,我想在院子里养一些鸡,是否可以?"

现在,轮到国王 A 吃惊了,他显然没有想到国王 E 会提出这样的要求。我听说,你抚得一手好琴,还善于绘画……国王 E 急忙跪下:"尊敬的国王,抚琴、绘画,都是些无用的游戏,而且它还会造成消耗,我更希望自己能用自己的手来……"那一日,性格暴虐多疑、反复无常的国王 A 并没有责怪的意思,他笑了很久,然后答应了国王 E 的要求。

鸡真的养起来了。从刚刚孵出的鸡雏开始。就是跟随他来此的旧太监和国王 A 给他安排的厨子也没有想到,国王 E 会对养鸡那么热心,会有那么让人难以理解的热情。他和厨子、太监一起为这些鸡搭建了鸡舍,他为鸡雏泡软小米,给它们喂食,清点数目,并承担起了清扫鸡粪的活儿。可以想见一个君王的笨拙,但他显得那么尽心、尽力,仿佛那是一个庄重的仪式,这让国王 A 派来的厨子也看得心酸。每次国王 E 做什么活儿,只要不忙,这个厨子

109

都会快速地跑过去,如同他是国王 E 的旧仆,而一直跟随国王 E 的太监反而有时会偷一下懒。有了这些鸡,国王 E 的时间也好打发了,黄昏和夜晚之间的距离也不再那么漫长。那段时间,国王 E 蹲在院子里,看着渐渐长大的鸡雏进入鸡舍,然后拿起扫帚,清扫散落的羽毛和鸡粪。他做这些,依然像是一种仪式。他究竟在想什么呢?厨子很是不解,于是他询问年老的太监,得到的答复是,我也不知道。接着,这个太监反问厨子:"你觉得他在想什么? 我是越来越不理解他了。我觉得,他大概是在,让自己不想。"

鸡慢慢长大,它们已不像满是绒毛时那般可人。公鸡率先长出了鸡冠,它们相互争斗,经常啄出血来,啄掉羽毛,有几只还因伤死去——在它们长大之前也曾有几只鸡先后死掉,尽管国王 E 有着超乎寻常的细心,尽管他叫厨子请来医生,但他挽救不了所有的死亡。在国王 E 养的鸡开始下蛋之前国王 A 曾来过两次,一次他询问国王 E 鸡养得如何,要不要帮手;另一次,他则阴沉着脸,对国王 E 进行了一通没有来由的训斥。国王 E 按国王 A 的吩咐在台阶下跪着,他的身体如同被风吹皱的纸片,他不知道,一向以暴虐多疑著称的国王 A 接下来会做什么,自己会不会和被捕获的国王 B、国王 D 一样的下场……训斥结束之后,国王 A 冷冷地问:"听说你在北方住得不习惯,那你回南方做你的肉袒公如何? 你也可再找一个女人。我不会为难你的。"国王 E 急急地叩头,他的眼泪都下来了:"尊敬、伟大的国王,我一个罪人能得您宽恕活在世上并且封为肉袒公已经感恩戴德了,怎么敢有别的妄想? 我现在的想法就是,养好院子里的这群鸡,让它们多生蛋,向您进贡,就心满意足了,如果您还允许我活着,我就哪儿也不去。"国王 A 还是那张冷脸:"算你识趣。你就接着养吧。"

国王 A 走了,他离开肉袒公府已经有段时间了,可国王 E 还显得那么失魂落魄。太监叫他"外面太凉了,您回屋去吧",国王 E 木然地摇了摇头。厨子过来叫他"晚饭已热过两遍了,您还是吃一点吧",国王 E 依然是那副神情,他的脸上带着清晰的木纹。那天黄昏,国王 E 没有清点他养的鸡,也没有扫去院子里固定的鸡粪和随风游走的羽毛,他仿若回到了之前的日子里。那些旧日里他已经失掉了自己的王国,但那些鸡还没有占据他的生活。

厨子得来消息:国王 A 的大军所向披靡,他们已经占领了 F 国、G 国和 L 国的大部分城市,国王 A 的疆土在向

111

着远方扩展并且有无限扩展的可能;在 Q 郡,也就是原来的 E 国,国王 E 的一个侄子和他的旧部谋反但很快受到了镇压,国王 A 下令杀光了 Q 郡旧都里的所有人,并将城墙全部拆毁——那里真的是尸横遍野,完全成了一座死城,腐坏的尸体引来众多的苍蝇,它们在城里就像一团经久不散的雾。他把这些消息悄悄告诉了那个太监,他相信,这些终会传递到国王 E 的耳朵里。

即将秋天的时候国王 E 得了一场大病,卧在床上的国王 E 被一团莫名的火焰烧灼着,不得不用口呼吸,就连国王 A 派来的御医也认定国王 E 已经无药可救,准备后事吧——然而国王 E 竟然意外地挺了过来,他慢慢能喝几口粥了,能咽下鸡蛋羹了,能够和人说话了,能够从床上坐起来了……只是,国王 E 从此少了许多的力气,他的头发也有了缕缕的花白,仿佛经受了一场寒霜,留下了永久的痕迹。

在他病着的那些日子,院子里的鸡缺少照料,鸡毛、鸡屎到处都是,总飘着一股异样的怪味儿,而那些鸡们也多数瘦小不堪——刚刚病愈的国王 E 叫太监和厨子将他抬到院子里,由他指挥,两个人清扫院落,和好鸡食,为生病的鸡灌下药水,驱赶蚊蝇……大病没有改变国王 E 的热情,一丝一毫也没有,一根羽毛的热情也没有,反而,他看上去更加专注了。天不亮,公鸡们叫过头遍,国王 E 就来到院子里,为这些鸡们忙碌;直到黄昏,所有的鸡都进入到鸡舍中去,安静下来,国王 E 才重新回到屋里,返回屋里的国王 E 甚至还有些恋恋不舍。他究竟在想什么呢?厨子把自己的头都想得大了半寸,然而他始终无法猜测到那个究竟。难道,他真的不想自己的旧国旧家?难道,我说给太监的消息没有进入国王 E 的耳朵,为何他竟毫无反应?厨子不停敲着自己的头,想将头骨敲开一道缝隙放一道光进来,也好让他明白一点国王 E 究竟在想什么——这当然不起作用。终于,他忍不住,再次向那个老太监提出自己的疑问:他究竟在想什么呢? 他真的一心都在鸡的饲养上?

自然,老太监也无法给他任何答案。这是意料中的事。

秋深下来的时候,院子里的鸡共有二十三只,十一只公鸡和十二只母鸡,它们应当是一个还算庞大的队伍。厨子曾建议国王 E 杀掉几只公鸡,即使想来年再孵一些小鸡也用不了这么多的公鸡，它们吃得多又不下蛋，还总是争斗——厨子的建议遭到了拒绝。国王E向他恳求："它们能长到现在已经很不易，何况，我也熟悉它们了，少了一只就像身上少了点肉，你看……"厨子还能说什么？养着，就都养着吧。

逐渐长大的鸡渐渐显出了各自的性格，它们或懒惰，或怯懦，或好斗，或勇武，或善于表演，或自不量力……国王E的手上多了一根细竹棍，他时时会对那些鸡们进行干涉："你干什么总是挑事，总是无事生非？去，去去去！我知道你！你吃得够多了，却还霸占！你，你，哼，我看得清楚，你根本没下蛋却叫得最响最欢……"似乎是为了区别，国王E给每一只鸡还分别起了名字，它们是池州，泰兴，洪州，嘉应，盘关；赵士之，胡亦，李阳冰；邵美人，安美人，玉美人……看得出，勇猛高大、有着鲜红鸡冠的赵士之颇得国王E的喜爱，每次喂它，国王E总要多给一把米，细竹棍也很少落在它的身上；而对瘦小、善飞的胡亦，国王E完全是另一种表情，他毫不掩饰自己的厌恶，有时，他会在院子里将这只"胡亦"到处追逐直到它飞上国王E够不到的矮墙上。邵美人是一只胖母鸡，它总爱跟在池州的后面，国王 E 对它并不在意,尽管它勤于下蛋;安美人有着明显的怯懦,它警惕所有的鸡和人,只要国王 E 或老太监的身影一出现它就跑向远处,即使是喂食的时候,不过,无论哪只鸡下了蛋,最先叫起来的肯定是这只安美人,谁也不如它那样趾高气扬。厨子知道玉美人,他只在进肉袒公府的时候见过它一面,在那之后它就消失了,不知去向。看得出国王 E 疼爱这只玉美人,虽然这只玉美人总是一副慵懒的样子,吃得很少,也从未下过蛋。

国王 E 和它们说话,指挥着它们,调解它们的纠纷,或者对一方、两方进行训斥。有时,他会弄得自己气愤异常,面带怨恨;有时,他又会让自己显得委屈、茫然。有一次,赵士之和李阳冰发生争斗,两只凶猛的公鸡根本不理会国王 E 的拦阻也不理会他挥动的竹棍——束手无策的国王 E 率先败下阵来,他丢掉竹棍,一副破罐破摔的样子,坐在角落里泪流满面。他显得那么弱小,那么卑微。

国王 A 已经很久没来肉袒公府了,他似乎已经忘记国王 E 的存在。可以理解,国王 E 也乐得这种忘记,他把这座衰败中的肉袒公府当成一个果壳,而他,则被某种咒语封在了果壳的里面。当然,对国王 E 来说,这座衰败失修的肉袒公府也可算是他的旧王国,池州、泰兴、盘关,曾是他两年前失掉的疆土,是他的某个郡、某个州;赵士之、胡亦、李阳冰,是他旧臣的名字;而邵美人、安美人、玉美人,则是国王 E 的王后和嫔妃。厨子还从老太监的口中打听到,赵士之是国王 E 器重的大将,曾镇守洪州,多次阻挡住国王 A 军队的进攻,不过,在京城即将沦陷的时候,国王 E 不得不按照国王 A 的要求诛杀了赵士之全家。至于胡亦,厨子早就听人讲过他原是国王 E 最信任的大臣,要不是他贪生怕死献出了池州、嘉应并为国王 A 的大军带路,国王 E 的国家也许不会瓦解得那么迅速。老太监在讲过这些旧事之后对厨子说,之所以自己要向厨子讲这些,是得到了国王 E 的允许,不然他是不会说的。

——"你总是问我他在想什么。我不知道,真的不知道。不过,现在,他似乎在求死。他要撑不下去啦,他的心早就死了。"

"怎么,怎么会……"心软的厨子竟然流下泪来。窗外,秋风紧了。

院子里下满了雪,雪积得很厚。国王 E 早早起来,他站在院子里对着手哈气,而鸡舍里的鸡们则探头探脑,过不了多久,它们就在雪上洒下斑斑点点,使它变得很脏。这时有人敲门,进来的是一个侍卫,他宣布,国王 A 今天要来此处,请肉袒公做好迎驾的准备。

刚刚清扫完院里的积雪,国王 A 就来了,他还带来了两个大臣以及整整一箱的竹简,还有几块石碑的拓片。接过驾,坐在火炉旁,国王 A 指着那箱竹简说:"这是我从你的南方给你找到的礼物,它们都是献给你的,我看,你还是给我们读一读吧。"

是的,那些竹简是献给国王 E 的,在那些竹简中,国王 E 被描述成一个功德盖世、雄才大略、万民景仰的君主,他感动上苍,使得境内连年风调雨顺,五谷丰登,人民安康;他威加海内,使周边各国纷纷臣服,年年朝贡;他……国王 E 试图控制住自己,然而他的手、他的腿都很不听使唤,它们颤得厉害。跪在那里,国王 E 仿佛是跪在一张有着细针的针毡上,那些针轻易地刺穿了他的麻木。

——"你是不是想问,我是如何得到它们的,在哪里得到它们的,万民景仰的君主?"国王 A 笑得有些狰狞,"它们,是我的军队从乡绅家里抄来的,也许是居住偏远的缘故,他竟然不知道他景仰的君主早就'肉袒'出降,不知道他所谓的国已经变成了我的疆土。不过我并没有杀掉他。"国王A大声笑起来:"他一辈子就知道搜罗天下的好词献给你,也不管当与不当,你说,他是不是瞎了眼睛?"国王A带来的两个大臣也跟着笑了起来:"是啊,是啊,这样一个昏君怎么能当得起? 我都为你脸红。真是瞎了眼啊,真是瞎了眼啦。"

——"所以,我叫人熏瞎了他的眼睛。"

又是一阵大笑。这时,麻木又回到国王E的身上,他脸上的木纹又显现出来。他低着头,这颗头有着异常的重量,以国王E现在的力气,他根本无法将它抬到应当的位置。

一箱竹简,让国王E宣读,这是国王A精心准备的节目,它还有下文。那日国王A有着高昂的兴致,他说要借肉袒公府和某大臣下两盘棋,而肉袒公——国王A顿了顿,清一下喉:"我一直听说你琴弹得好,只是还从未见你弹过,屋外这么好的雪,无琴怎么能行? 肉袒公,你是不是就为我们演奏一曲啊?"

大臣们自然附和。之后,国王A又对国王E说:"肉袒公,我们来你府上,你也不要小气,我们今天午饭就在你府上用了,你叫厨子给我们炖两只鸡吃总可以吧?"

——"我要你的池州。哦,我还要你的安美人。"

国王 E 就像一个泥人,国王 A 的到来仿佛是一次重锤,他被击碎了,之前已经碎过几次,好不容易才被水和胶重新黏合起来。国王 E 就像一棵遭受雷打的树,刚刚有了几片嫩芽,却又被风雨撕去。国王 E 的精和采都被抽走了,没给他剩下半分,他变得空空荡荡。

院子里的鸡还在,虽然它们在不断减少,国王 A 在离开肉袒公府的时候曾吩咐国王 E 的太监,每过三天,要向宫内进献两只鸡,献哪两只,由肉袒公自己决定。院子里的鸡还在,它们还要进食,还要拉屎,还要在争斗或什么时候掉几片羽毛,还要……此时,国王 E 已经没有了再去理会它们的兴致。他慵懒得没有心思。每日黄昏,国王 E 都会披一件外衣在院子的角落里坐着,坐着,像一块正在变朽的木头,直到黑暗吞没掉他,直到北方的冷浸入他的骨头。要知道这是冬天,要知道,这个北方的冬天比以往更冷。他的手给冻伤了。同时被冻伤的还有他的脚。

真是越来越混乱,那个厨子每次想要清扫都被国王 E 制止了:"你扫它干什么? 不就是几粒鸡屎吗? 不就是几根羽毛吗? 你扫了,它们明天还会有。算了吧。"好在那是冬天,地上的鸡屎和羽毛,还有没吃完的食物都被冻在地上了,没有苍蝇也没有气味。不知是什么缘故,一只母鸡的屁股被啄破了,流出的血引得更多的鸡来啄,没多久,那只叫锦美人的母鸡就奄奄一息,它没有熬过那日的正午——事情发生的时候国王E就在院子里,他根本没有制止。这只丢掉肛门和一半肠子的鸡自然不能进贡到宫里,厨子向国王E请示是将这只鸡做汤还是埋掉,国王E未置可否,而是将脸偏向别处。

鸡,最终被做成了鸡汤。厨子将汤端到国王E的面前,他,只看了一眼。那一眼,厨子觉得看到自己的心里去了,它的里面有把柔软的刀子。事后,他对老太监说,我应当领会得到他的意思,我应当把这只鸡埋起来的,我觉得我这个人……真是。

院子里的鸡在不断减少,洪州、嘉应、盘关、李阳冰、玉美人,都已被送到宫里,它们自然有去无回。现在,院子里只剩下最后两只鸡:一只是泰兴,一只是胡亦。本来,按厨子的意思,胡亦应当是最先送进宫里的,它瘦而奸,而且素来不被国王E喜欢,但这个提议被否掉了:"不,不行。"国王E从来没有如此斩钉截铁,他说得咬牙、切齿。

剩下最后两只鸡,而时间则过得飞快,距离进贡的时间还剩一天,确切地说,还有半个黄昏和一个夜晚。是的,还有半个黄昏,黄已经越来越少而昏也所剩无多,冬天的黄昏本来就短。最后的两只鸡在院子里寻找着食物,它们不懂得未来也不懂得时间,对明日的到来缺少洞见,所以,它们显得平静、惯常、醉生梦死、无虑无忧——突然,突然,一直在黄和昏里站着的国王 E 暴发了,他挥动着手里的竹棍朝两只鸡直冲过去,嘴里还歇斯底里地喊着:"杀,杀杀,杀杀杀,去死吧,都去死吧!"

　　一阵鸡飞鸡跳,奋力追赶的国王 E 如同是另一个人,他遭受了魔咒,带着凄惨风声的竹棍不停挥起落下,空中飘散着纷乱的羽毛……最终,两只鸡都被他击倒在地上,再也飞不起来,而那只胡亦,大口大口地呼着气,它的一只翅膀上已满是鲜血。这时,魔咒解除,国王 E 身体里的力气、精和采又都被抽空,他软弱得像个无助的孩子,也在大口大口地呼着气,仿佛没有这根细竹棍的支撑,国王 E 就会瘫倒在地上,再也无法站起。

国王 F 和他的疆土

　　国王 F 成为国王完全是个意外,它几乎就是一块从天而降的巨石——当国王 F 得知他将成为新的国王、掌管这个国家的时候,他的第一感觉不是兴奋不是惊喜不是满足而是恐惧。这一消息就像一团乌云,里面包含着闪电、冰雹和不可见的魔鬼,他扑到母亲的怀里哭了起来。《稗史搜异》与《聊经》中有一段大致相似的记载:他送出传旨太监的时候裤子是湿的,而母亲的哭声跟在后面,尖锐而沙哑。

　　他们母子的哭是有道理的。这个,我们暂时不表。

　　无论如何挣扎,如何拒绝和不甘,国王 F 都不得不接受他将成为国王的事实;他必须离开自己的父亲、母亲,独自一人进入王宫之中。这于他和他的家人简直是一种难以避免的生离死别，过不了多久，他的父亲——南怀王就将作为国王御使被派去戍边，直到在那个遥远的地方病死。对此，国王 F 根本无能为力。至于原因，我们也暂时不表。

进入王宫的国王 F 还不能算是国王，因为他有太多的事务和礼仪需要学习，何况他还过于年幼，只有九岁，此时的权力主要掌握于几个大臣的手上，他们需要为新国王分忧。好在他们都不坏。他们为国王 F 请了三个老师，他们分别负责为国王讲授治国方略、宫廷礼仪和艺术。负责讲授治国方略的老师叫姜方亭，他曾担任过之前几个短命国王的老师，因为"讲述不够尽责"和"传授偏见、邪恶"而几次被免，甚至被打断过两根肋骨。他在自己的《轻云集》中这般记述自己与这位新国王的第一次相见：九岁的国王显得憨朴、怯懦，如同受惊的小兔。他迎着自己的老师，低着头，一副手足无措的样子。姜方亭问他，你读过某某书没？他摇头。再问，你读过某某经没？再次摇头。国王 F 窘态十足，似乎极为惶恐。姜方亭有些意外："那你读过什么书？难道，南怀王从未找人教过你什么？"国王 F 的脸上有了汗水："也，也读过些书。不过，不过，先生说的那些书，父亲不让读。他说不读更好。"

听到这里，姜方亭重重叹了口气。《轻云集》中没有多说，一向以耿直敢言著称的姜方亭在这里惜墨如金，我们无法从记述的文字中得到更多。但这口气，叹得确实百感交集。

九岁的国王F进入王宫，十四岁的时候举行亲政大典。大典进行了整整七天。在大臣们、侍卫们、太监们、宫女们的安排下，国王F遵循那么繁复的礼节终于完成了豪华、隆重的亲政大典，如同一个牵线木偶，看得出，他的全部精力都在如何让自己的行为符合规范、不致疏漏，有些战战兢兢，却丝毫没有半点儿兴奋。大典之后，国王F便病倒了，这可忙坏了内务府的太医们，好在国王F只是精力不足，并无大碍。他一个人躺在床上，吩咐太监、宫女闭紧门窗，拉好窗帘，都不要来烦他，在病着的时候他谁也不见。谁也不见。是的，那时庞大的帝国风起云涌，种种事端甚至叛乱层出不穷，堪称多事之秋——好在，掌握权力的大臣们都不坏，他们尽职尽责，不让烦心劳神的消息进入国王F的耳朵。

正午时分，天气晴朗得有些晃人的眼，然而国王 F 的房间里却是一片黑暗，只有一盏油灯微光如豆，以致前来送膳的小太监不得不立在门边，眯着眼睛，停上好大一会儿以适应房间里的光线。身影模糊的国王 F 终于在一个角落里显露出来，他指点小太监："放那里吧。"小太监听得出来，国王 F 的嗓音有些异样，可能是病还没有痊愈的缘故。

小太监退向门边，国王 F 似乎想起什么，突然叫住了他："你今年多大？"

"十一岁。"小太监有些惶恐，因为国王 F 虽然从未处罚过谁，但也始终冷冰冰，还从未有谁跟他说过多少话。

"那你，为什么进宫？"国王 F 似乎没有听出小太监的惶恐。他竟然有着兴致。

"因为……回您的话，是因为，家里，穷……"小太监的身体也跟着声音一起发颤，他的脑袋里有一股不断回旋着的风，在里面飞沙走石。

"你不用紧张。"国王 F 走过来，他竟然笑了，"你的样子，很像我刚进宫时的样子。十一岁，我那时，觉得自己活不到十一岁，现在，我都十四了。"国王 F 抓住小太监的手，两个人的手都有些凉："以后,你要多陪我玩儿,我都快闷死啦。"

国王 F 指指屋子："你看里面多暗。我觉得,这里面,藏着许许多多的鬼魂,它们在空气里飘着,伸着手,总想什么时候把你抓走。"

"光线暗下来的时候,你就能看见。"

国王鞠躬,国王杀人。在位十三年,国王 F 都做了些什么?史书中鲜有描述,许多时候,他只是一个影子,把自己的年号印在铜钱上,这是他表明自己存在的唯一方式。国王 F 什么都没做,尽管他所在的时代,史书将它记述得跌宕起伏、群雄四起、生机勃勃。许多时候,国王 F 都只是一个影子,暗淡的影子,就像摆在酒宴上的觥筹、陶罍、觞、角,更后面些的花瓶,花瓶里已见枯萎的花儿,或者没人弹奏的琴。一次酒后,国王 F 略略有些醉意,他让那个小太监把自己房间里那些摆设的物品一一搬到屋子中央,然后一一指给这个太监看。

这个玉如意,谁谁谁的,他是国王 C 的儿子,因为谋反被杀。虽然后来国王 C 知道他并无谋反之意,但一切都已经晚了。他是我父亲同父异母的兄弟。

这把琴是谁谁谁的，他也是国王 C 的儿子，在国王 C 死后继位，但后来染上风寒，死掉了。那风寒来得相当蹊跷。他只当了十七天国王，死时，不过十一岁。

扇子，原归谁谁谁所有，他在十二岁的时候成为国王，但不到一年的时间便成了废君，被关进地牢，据说后来被老鼠咬了一口，病死在牢中。他是我伯父的儿子。伯父在儿子被废之后也被关入狱中，因为教唆年幼的国王杀害功臣、篡位而被处以极刑。

谁谁谁，在国王的位置上只待了七个月。他留在宫里的是这个瓷瓶，据说他喜欢剑，不过我叫内务府仔细查过，他并没有铸造任何一把属于自己的剑。谁谁谁，这件衣服是他的，是我偷偷藏起来的，他还没有来得及当上国王……后来发生的事你也知道，是不是？

……国王 F 轻轻拂了两下琴，摇了摇扇子（虽然那时已经是初冬，夜晚的风里渗透着冷，屋外露水浓重），拿起瓷瓶仔细把玩，将衣服（那件有些旧，而且被虫蛀过的夏衣略显小了些）披在自己身上……从小太监的方向看去，国王 F 的脸上笼罩着一团青白色的光，那团光里似乎包含着某种不祥。小太监出语谨慎:"国王,您,您不……我觉得您还是将它们放在另外的房间里为好,我知道它们都是您亲人们的遗物,可,可……现在您是国王,您有至高无上的权力,有威严有魄力,您可以,可以……"

"那你说,我可以什么? 我可以做什么?"

小太监喃喃,他一时想不出该如何回答。

国王F的神态有些黯然:"我和他们没有什么不同。如果说不同,就是我更软弱,更无用。因此我也活得稍长些。我可以做什么? 我什么也不可以做。当初,"国王F再次披着被虫蛀过的锦衣,上面的图案已经相当模糊,"当初,我父亲在家里总是闷闷不乐,心事重重,至于他忧虑什么从来也不跟我母亲和姐姐说。他只是天天钓鱼,喂鸟,到酒肆里喝酒直到大醉而归,还不许我和弟弟读什么什么书,倒叫我们画画花鸟、山水……我能做什么? 什么都做不了。什么也做不了。"

"先王被杀的时候,我们一家人都提心吊胆,度日如年。因为……最终,还是落到了我的头上。"

国王F醉了。他醉在那些先国王们的旧物中,醉得一塌糊涂。"我总是能见到他们的鬼魂。我知道他们在哪

128

儿,他们,让我每天都如履薄冰。"

《轻云集》中记述,国王 F 很不愿意听老师讲课,他说那些东西太沉重太严肃太宏大了,一听到这些,他的脑子里面就生出许多的虫子,咬得他脑仁生痛。他也不愿意披阅大臣们的奏折,那里面也有快速繁殖的虫子,总在眼前嗡嗡嗡嗡,让他烦乱。老师姜方亭有着自己的天真,他劝告国王 F:"你是一国之君,你要胸怀天下,你要思谋大事,何况当今……"已经长大的国王 F 已经不像先前那样怯懦、忐忑,他甚至显出一副无赖的模样:"姜先生,够了,你来替我掏掏耳朵里的虫子。听我的太监说,南方有一种什么鱼,肉质鲜美,据说放在酒和童女的尿里腌制七天会更美,天下难寻。我已经叫人去弄了,也让内务府准备下酒和尿——等做好了,也送先生两条尝尝……"

不只如此,国王 F 还总是借口头痛或其他的什么理由逃学,时间久了,他甚至连理由也懒得更换,那种倦怠让姜方亭感到痛心疾首。他在国王 F 的面前惩罚自己,痛哭,不停叩头,甚至威吓——然而根本无济于事,国王 F 似乎没有带耳朵,装在他脑袋上的那两只被称为耳朵的东西是假的,是为了应付姜先生而设的。姜方亭给他讲前朝旧事,讲那些无能、昏聩、不学无术的国王,讲他们的荒淫、愚笨、倒行逆施,也讲某某国王如何勤勉、如何遵从礼法、如何仁、如何智、如何做到从一只三年不鸣叫的鸟到一飞而起……那些时候,国王F根本没有带耳朵来,他的耳朵应当是假的,里面被他有意地塞满……于是,当姜方亭被自己的讲述感动得全身颤抖、几乎都要失声痛哭的时候,他发现国王F哈欠连连,或者是在纸上画一条瘦小的鱼。不只如此,国王F还和陪同他读书的王公、贵族子弟一起想办法捉弄老师,并在姜方亭的一本心爱的古籍中涂写文理不通的打油诗。他还弄来一只兔子和一只鹌鹑,那两只畜生先后成为课堂的主角,把这个被称为天下第一大儒的姜方亭气得面色苍白,一股血腥的气在他口腔里冲撞,几乎将他撞倒在地。

姜方亭向监国大臣们坚决请辞。那些大臣真的不坏,尤其是大司马和相国。他们也对国王F的行为颇有微词,颇有不满,但还是努力挽留姜先生,说现在的国王还只是个孩子,长大了也许会好。如果姜先生都教不好他,那天下就无人能教好他了。他对天下,对百姓苍生负有责任啊。大臣们拉着姜方亭进宫，当着他的面，对国王 F 的怠学进行劝导、训斥，国王 F 认真地听着，眼里竟然含着泪水——那一刻，姜方亭也是百感交集。他的两条肋骨在隐隐作痛，也许，即将有一场连绵的阴雨。

《轻云集》里还记述了一件事，关于国王 F 的头痛病。有一次，国王 F 称病没去早朝，他说自己头痛得厉害，一切事由大司马做主就是。早朝之后大司马过来探望，询问了病情，然后告诉国王 F，自己有一名医生，来自西域，他或许有什么办法能够治愈国王的头痛。没多久那名医生真的来了，很快，他给国王 F 开出了药方——把一只黑蜈蚣捣碎，成粉末状，然后加入赤环蛇的胆，少许红枣、鹿血，和他从西域带来的香精一起放在水里煮，煮成糊状即可。一日三次，七天之后就能清除国王 F 头脑里的全部虫子——可以想见国王 F 的反应。他当然拒绝，他说自己的病并不重，没什么大事，以后记得早朝、上好早朝就是了，以后……但在太监、宫女们的坚持下，国王 F 还是咬着牙喝掉了第一碗粥，第二碗则说什么也不肯再喝，甚至威胁，如果再让他喝，他宁可去喝毒药，宁可去死——不过，此药还真的起到了效果，国王 F 的头痛病很长时间都没有再犯，直到他得知自己的父亲南怀王病重的消息。

　　姜方亭在《轻云集》里记述了自己的教学体会,尤其是晚年充当帝师的体会。看得出,他极为赞赏国王 F 之前的那个未能登基的少年,对他的早夭唏嘘不已。而对国王 F,姜先生的书中少有敬意,甚至,带有一种不太合君臣礼仪的鄙视。顺便提一句,后来的史书中记载,那位少年因为与大司马发生争执而被其他大臣击杀,虽然大司马狠狠处罚了那个杀王的大臣,但人死已难复生,另选国王的事已迫在眉睫。大司马和群臣连夜商议,于是,国王 F 被选入宫,成为新的国王。《稗史搜异》中记述的则更为详细,它说,随着少年的长大,他对大司马的处事越来越不满,进而有了自己的想法,于是有了一次、两次、三次的冲撞。构成"少年国王"死去的事件本来微不足道,但少年和大司马,以及大司马的心腹大臣们的芥蒂已经日深,小事儿生出了火花,直到引爆。《稗史搜异》说,那事的发生根本是个阴谋,是大司马计划好的,或者说他一直在寻找某个借口,那天,毫不知情的少年国王给了他借口,给了他理由。大司马指鹿为马,他当然是故意的。问题出在少年国王的身上,他悄悄纠正大司马:"不是,不是的,你说得不对。""怎么不对?"大司马似乎很委屈,"老臣真心日月可鉴,怎么会不对? 尊贵的、至高无上的国王,你问一下你的臣民,我说得有错没错?"

"没错。大司马说得完全正确。"几乎是众口一词。

只有一个职位低微的小官,向身侧的另一位大臣耳语:"大司马,真是……"身侧的大臣马上高喊:"他说大司马说得不对。"

那个噤若寒蝉的小官已经直不起他的身子,他说:"不,不不不,我没有说什么,当然是大司马说得对,说得正确……"

这番表白已经无法获得大司马的原谅,《稗史搜异》猜测,他的出现其实让大司马感觉窃喜,无足轻重的官吏正好充当威吓猴子的鸡。于是大司马沉下脸:"这个无用的东西! 你现在把说过的话收回,谁知道以后你会不会把说过的话再次收回? 这样朝三暮四的人怎么能为国家效力? 如果你敢于坚持错误倒还可原谅,现在,你只有去死啦!拉出去!"

少年国王站起来,他替那个小官向大司马求情:"无论对错,他都罪不至死,请大司马看在我的面子上,重重处罚他一下就是了,还是免了他的死罪吧。"

大司马哼了一声。他问:"众位大人,你们说,我应该不应该饶恕他呢?"

"不能,当然不能。"有人站出来,跪倒在少年国王面前,"国王,此人饶不得啊!如果你饶恕了他,那如何能树王法之信?如果你饶恕了他,此后臣子和百姓谁还会把国王你和大司马放在眼里?"

书中说,少年大怒,他冲着大司马大声说:"明明是鹿,你非要说马,可恨的是他们也都跟着说是马,这个人,只是说了句实话,也并非针对大司马,可你们就是不肯饶过他,你们把我放在什么位置上呢?"(少年国王的话在沉入水中的那个小官听来就像是一把稻草。他伸长脖子向少年哭喊,有几个大臣冲过去狠狠给了他几记耳光,异常响亮。)

大司马并未说话,不过,大殿上已经是一片喧哗,他们向少年表白,在这个国度,只有国王你有至高的位置,没有谁敢不从;但,你也不能践踏大司马的一片苦心,他可是一心为国,再也没有比他更忠于你的人了;我们并不是为大司马说话,而是为道理说话,因为它明明是鹿,圣人说……

"够了!"少年忍无可忍,"我早看够你们这副嘴脸啦!

你们不觉得恶心?"

众人嗡嗡嗡嗡,甚至有人威胁少年国王:"你的王位是谁给的你应当清楚,如果你如此不讲事实,不讲道理,那就请国王退位,让有贤德的人代替。"

毕竟,他还是个少年。这个冲动的少年一边后退一边拔出身上的佩剑———一直跟随在大司马背后的一个武臣箭步上前,夺下国王的剑,然后刺向国王的胸膛……

《稗史搜异》把那段故事叙述得充满传奇色彩。考虑到《稗史搜异》属于民间野史,"指鹿为马"也发生于前朝的前朝,所以并不可信。不过,有大臣杀死了即将登基的少年国王的确是事实,他被杀死在大殿上也的确是事实。国王 F 应当很清楚,当时,他父亲南怀王就在众位大臣之中,把事情的经过都看在了眼里。

南怀王病重的消息是一个宫女悄悄告诉国王的,这个平常的消息似乎是种危险,国王 F 也从中嗅到了危险的气息,他叮嘱这个宫女,千万不可再向外传,就连王妃也不要告诉,否则……

像历史上所有无能、昏聩的国王一样,国王 F 很少关心自己的国土、疆域、边关,这一切一直都由大司马等几位大臣处理,国王F日常所做的工作就是,在大司马他们的奏折上添上朱批:知道了,请大司马定夺。或者:由大司马办理。然而南怀王病重的消息让国王F想到了边关,想到了疆土。他叫人拿一本王国的地图。然后询问身边的侍卫、太监:"你们谁去过那里?"

大司马前来宫中,那天,患有哮喘的大司马有很高的兴致。两人下棋。说着说着,两人就说到了边关,他问国王F:"你为什么对边关产生了兴趣? 是因为南怀王吗?"

没有什么可隐瞒的,不过,国王F还是做了隐瞒。他说自己最近总是梦见自己的父亲,他在梦中湿淋淋的,很是憔悴,问他怎么了他也不说。国王F说:"你是我最亲近的人,就像是我的亲生父亲,所以在这许多年里我竟然忘记了他,竟然没有问过他的冷暖……"

在一阵猛烈的咳嗽之后,大司马叹了口气:"我得到消息,南怀王病了,很重,可能,可能挺不过这个秋天了。"

仿佛是第一次听到这个消息,国王F有着夸张的惊讶和悲痛,眼里的泪水几欲汹涌。他倒向大司马的怀中:"我想去看看他,行吗?"

大司马没说行，也没说不行。他在棋盘上落下一个无关紧要的子。"我老了。我知道我老了。"他盯着国王F的脸，眼里闪过一丝慈祥的光，"人生真是苦短啊。"

……大司马没说行，也没说不行。此时，国王F已经二十岁，娶了大司马的侄女为王妃，生有两个女儿。（国王F的王妃是一个极为有名的醋坛子，当然，野史中也说国王F一直很不检点，和宫女、媵妾偷偷摸摸，又做得拙劣，总是被王妃抓住尾巴。）在得知父亲病重之后，一向怯懦、胆小的国王F竟然未与大臣们商议便下达命令，让侍卫和太监准备，他要去边关探望自己的父亲。这，也许是最后一面。

国王的命令遭到内务府的阻拦，他们向国王F陈述自己的理由：国不可一日无君，国王如果要离开王城，必须要安置好各项事务，让大臣们分担职责；边关路途遥远，山高水恶，舟马劳顿，万一国王不小心染上恶疾，他们实在担待不起；同时，边关战事频频，且路上强寇众多，如果走漏风声，中了贼人的埋伏肯定会有凶险，他们万万不敢让国王如此涉险……"不行。这次，我的决心已下。"国王F回复得异常坚决，"朝中诸事，尽可由大司马全权处理，我在的时候不也如此吗？"

太监和大臣们也纷纷相劝,他们的理由和内务府的理由大致相同。国王 F 依旧那么坚决:"你们说的我都想到了,我必须去,我一定要去。"争执到最后,国王 F 的声音都有些哽咽:"谁不是父母生父母养的? 你们天天教育我要仁要孝,可我要尽一下孝心的时候你们为什么要阻止我呢? 我多带衣物,多带侍卫,多带药品还不行吗?"

"不行。"站出来的是相国。他对国王 F 说:"自从你进得宫中,成为国王的那一天起,你就成了国王 C 的儿子,南怀王已与你再非父子,此后你是国王,他是臣民——我想教授你礼仪的老师早就讲过。本来,我是不准备讲这些的,可是,可是……你现在是一国之王,你不只是你自己的,还是天下苍生的……"

"我不听! 我不想听! 我只想做一次儿子,尽一点孝心,之后我保证自己的所做全部符合礼法!"那天,国王 F 有着特别的固执,显然这经过了深思与熟虑:"我已决定,后天出发。"

后来的结果是,国王 F 并没有成行。他的确是在第三天的一大早就起来了,然而,走出门口,发现门外空空荡荡,没有侍卫、宫女、太监,也没有放衣物、药品、钱币的箱子,没有车,没有马。除了一片两片的落叶,一直到宫门,显得那么空旷,这空旷里有一个隐秘不见的涡流。

国王F愣了一下,大约三分钟,他转身,自己披上一件长袍,然后移出一个箱子,将十一岁进宫以来自己房间里的旧物件一一收好,放进箱子里,锁上,然后一点点将它推出房门——

倚在门口,王妃吃吃地笑着。"像你这样,把这个箱子搬出王城怕也得十年。"

国王F没有理她,而是继续推。不过,她说的的确是事实,国王F缺少移动什么的力气。可是,那时,国王F已经骑在了虎上。

……略去国王F赌气的过程,他折腾到临近黄昏也未能走出宫门,侍卫们拦住了他,他们请国王F原谅,奉内务府命令,他们必须冒死留住国王F,不能让国王F到外面去涉险。满腔怒火的国王F使用咒骂、拳脚、绳子和青铜如意,都无法令那些侍卫们退让半步,尽管有两个侍卫已经满脸鲜血……这时院子里一阵嘈杂,向后看去,平日跟随国王的太监、宫女被捆绑着,被推搡着向后院走去。国王F

急忙大喊："你们干什么？出了什么事？凭什么要绑住他们?"没人回答他的话。只有两个老太监跪下来，死死抱住国王 F 的腿："奴才们求求你，别闹了。事情已经够大了。你放过我们吧，我们不能不……"

怒火难消的国王 F 坐在一棵银杏树下，坐在秋天的冰冷中，身上的锦袍也被他弃在一旁。他像一块枯干着的木头，把黄昏里的黄一点点熬尽，昏越来越重，直到这份昏也被黑暗一点点代替。坐在树下，国王 F 用力拽下一旁的草叶，将它们一一撕成极为微小的碎片。

在国王 F 的一生中，那是他唯一一次被记载下来的"对抗"，尽管虎头蛇尾，尽管很不成功。没多久，就传来他的父亲南怀王去世的消息。和前面的反应不同，当这个消息真的进入他的耳朵，国王 F 完全无动于衷，目光始终追随着乐池里一个跳舞的宫女。他说好，跳得真好。

头痛的病症又回到了他的身上，确切地说，是那些曾经休眠的虫子开始复活，它们比之前更为活跃，有了更锋利的牙齿。国王 F 痛得不能早朝，不过，到下午时分情况就会好转，见识渊博的太医们也无法解释这一病症的成因。在和国王 F 下棋后不久，大司马的病情也越来越重，他没有体力再来王宫探望，国王 F 也就避免再次饮用西域医师的怪药。有人说，如果国王 F 按照西域医师的要求喝足七天，他的病应当早已痊愈；还有人则保持怀疑，他们认为，国王 F 如果喝足七天，也许会严重中毒，成为那个年代第七个早夭的国王——谁知道呢。

那个年代，在历史上被称为多事之秋，似乎坚固无比的王朝在国王 F 在位的时候迅速崩塌，四处燃起不安的小火苗，而它们总能遇到干柴。大司马的病情越来越重，国王 F 过去探望，亲自为大司马煎药，喂食，像他亲生的儿子……临终的时候，大司马已经不能言语，他伸过手，把国王 F 的手抓在自己的手里。国王 F 也在抓着大司马的手，他感觉，大司马的手一点点变凉，变凉，丧失了最后的温度。

那个被称为多事之秋的年代，国王 F 任命大司马的儿子担任大司马，这一任命遭到相国和一些大臣的反对，甚至爆发了战争。一度，国王 F 不得不跟随大司马的部队四处逃亡，他的一个女儿也在逃亡的路上丢失，再无下落。好在，两个月后大司马的部队在血战当中最终获胜，借国王 F 的口谕，相国一家一百七十余口以叛乱罪被处凌迟。

某地发生叛乱,某地农夫抗税杀进了官府,某地瘟疫、大旱……国王 F 的头痛病似乎越来越重,越来越频繁,没有大事的时候,不是他必须出现的场合,他就不再出现,而是由大司马负责。尽管累些,大司马似乎也乐得如此,真的,事实上,大臣们都不坏。

国王 F 的头痛一过中午就会减轻,甚至消失。总在屋子里待着实在无聊,于是,国王 F 开始醉心于书法、绘画、金石——这个兴趣并没有持续多久。后来国王 F 迷恋起养鸟,他请大司马和各地的官员给他搜罗各类鸟蛋,让母鸡孵化——这个兴趣也未能持续多久。原因自然出于王妃的干涉:鸟们总在房间里拉屎,掉落羽毛,而且有些鸟蛋根本孵不出任何的鸟来,却弄得屋子里、院子里充满了恶臭……国王 F 也曾醉心过一段戏曲、歌舞,但,我们不能忽略掉他身侧那个随时出现的醋坛子。最后,国王 F 坚持下来的是在王宫花园里的一出游戏,有时,王公大臣们也会参与,包括新任的大司马。游戏如此:

王宫的后花园,建起了两排相对简陋的棚屋,一到下午,厨房里的厨师、药房里的药师、宫女太监们,都换上市井百姓的衣装,模仿商人,将自己的物品或刚刚采购来的

142

物品拿出来卖。有时王公大臣会成为这个街市的顾客，如果他们不来，顾客就由国王F从太监宫女和侍卫中选取。这一游戏中，国王F极大地表现了他的经商天赋，太监们学来的叫卖的吆喝只要当着他的面喊过一遍，国王F就会将它记住，有模有样。他最愿意扮演的是屠夫，将一个油渍渍的小褂套在身上，上面还有被虫蛀过的痕迹。"你想要多少肉？"他眯着眼，一刀下去，分量几乎一点儿不差。大司马总是来买他的肉，一刀，一刀。大司马总是多给几个赏钱，而屠夫，也俯首致意："谢谢客官关照，欢迎下次再来。"

"你要是不做这个国王，而当一个屠夫……"大司马感叹。

国王F是否真的当上了屠夫不得而知，无论正史野史对此均无记载，似乎无人再关心那些琐事。不过，国王F很快就不做国王了，他的头痛病越来越重，也越来越显得昏庸、无能。第十三年，也就是他二十二岁的时候，在国王F的一再坚持下，大司马虽经多次推辞，最终还是成为新国王。一个庞大过的王朝、坚硬过的王朝由此结束。

143

姜方亭去世较早,当时国王 F 还是国王,他甚至还没有经历那次不成功的"反抗",所以《轻云集》对之后的事件没有记述——要是他知道国王 F 后来在王宫里进行商贾游戏,肯定会在死后起来再死一次,他见不得这些。《稗史搜异》对国王 F 的记述也只到"禅让"止,而据传为"兰陵哭哭客"所著的《聊经》,对国王 F 的禅让写得相当详尽:

一段时间里,国王 F 反复接到各地官吏斥责国王不尽职责、昏庸乱国的奏折,这当然是个苗头,不过一向迟钝的国王 F 并没有将它们放在心上。直到有一天,国王 F 没去早朝,愤怒的大臣们竟然涌进了王宫,一起跪在台阶下。"干什么?你们要干什么?!"

负责军机的大臣,走到国王 F 的面前,用很轻的声音将国王 F 唤进内室。"很不好办,他们的怒气很难平复,你必须有个交代。"

"怎么交代?"

那个大臣,直视着国王的脸,一字一顿:"把,王,位,让,给,贤,者。"

随后,他紧接着加上了一句:"我这是为你考虑。"

只愣了半秒。对于这个结果,国王 F 仿佛并没有太大的意外："是啊，是啊。我也……我也想到了。我只是一直幻想，它晚点来，晚点来，其实这一天早该来了。"

国王 F 如此痛快，倒是让这位大臣有些意外。"你，你不再想想？"

"不用。"国王 F 直起身子，他朝黑压压的头颅们看去，大司马并不在他们中间。"请你转告大司马，我今天下午就准备让位的诏书。今晚，还有最后的一个夜市。"

"大司马是不会接受的。他很可能不会接受。这，只是我们的意思。"

国王 F 并没直接回答他的话，而是伸了伸腰："我这辈子，过得提心吊胆。没有一天做过自己。好在，不用了。"

国王 G 和他的疆土

　　相较于其他的国王,国王 G 的帝王生涯可谓顺风顺水、波澜不惊——六岁那年他成了王储,十一岁登基,等他到二十五岁的时候已经在位十四年,甚至生出了不少的倦怠来。其间他签署各种命令,调换身边和远处的官员,还发动了两场规模不大的战争——一次是针对邻近的小国,等国王 G 的军队到达边境时,对方的求和声明送到了京城。按照之前各国之间的战争协定,那个小国的国王赔付了布匹和粮食,至于数量则同样按照之前的战争协定严格换算,那个数字国王 G 没能记住,负责军队后勤的大臣在奏折中说大致与军队的花销相等。第二场战争同样出在边境上,国王 G 的士兵与国王 D 的士兵发生了摩擦导致了战争。当然,起因也不过是一件小事:邻国的一个醉酒的

士兵跑过了界碑,并在国王 G 的土地上撒了一泡尿。国王
G 的士兵当然不会坐视不理,出于尊严,他们扒掉了这名士
兵的裤子然后将他扔过了界碑。同样是出于受损的尊严,
国王 D 的士兵们在一个月黑风高的夜晚悄悄溜进了国王 G
的大营,他们抓住了二十多名士兵并将这些人统统绑在树
上,脱掉了他们的裤子……这场"裤子保卫战"一共打了两
年,当然这些战争也是完全按照之前的战争协定来实施
的,最后双方的军队一起凯旋。在决定一起凯旋的前夜两
支部队的战士们还进行了一场"对骂"的联欢,好在因为语
言不通以及大家都已厌倦了流血,并没有再酿成什么
祸端。

国王 G 二十五岁的时候,两场战争都已结束多年,对
于国王 G 来说它们不过是一堆公文和数字,和其他的公文
没什么两样,只是在归档上有所区别。若不是从获准退休
的 C 将军口里得知,他根本想不到两军在凯旋前夜还有一
个"对骂"的联欢,这是呈送给他的公文里所没有的。"怎
么会这样!实在是太有趣啦!你跟我说,他们都骂了
什么?"

C 将军有些惶恐。"万能的尊敬的国王!我怎么敢让

147

那些污言秽语污染到您的耳朵?""不,我要听,我一定要听!"在国王G的再三要求下,C将军进行选择,把沾满了腥臭气味和各种体液的词语先在自己大脑的水流里清洗一下,然后挑挑拣拣转述给国王G——当然,他不会把对方辱骂国王G和已故老国王的话语讲给国王G听的,不过他保留了国王G的部队对国王D的咒骂,国王G听得兴致勃勃。"我见过国王D的使臣。他们的话,我根本听不懂,都督金事L做翻译,他曾在D国待过三年,他的叔叔还曾在D国贩卖过毛驴。即使如此,他的翻译还磕磕绊绊。你说,我们的士兵,又是如何听懂的呢?"C将军做出解释:我们军内有专门负责翻译的通译,当然对方也有。他们是轻骑队,只携带一些轻便石器,骑几乘快马,在两支军队之间来回穿梭,把对方的语言大声译成本国的语言。当然这些通译们与都督金事不同,他们的注意力都集中在污言秽语上,对其他的话语不甚了了。对骂根据程度和多少分成五个等级,分别是轻微的、中等的、不能容忍的、血腥的和致命的,一般而言"致命的"辱骂不会轻易使用,它很可能会形成深仇大恨并扎根到各自子孙的心里。在国王G和国王D的部队各自返回之前的那个晚上,他们的对骂最多只到血腥级，有着明显的克制。"他们在双方队伍之间穿梭……我是说，这些通译们。他们会不会有危险？"

"没有，基本没有。"C将军解释，"双方早已达到默契，不杀这些通译，辱骂的话又不是他们说的，他们只是负责对这些语词的记录、翻译和转达，账不能记在他们的头上。再说，他们可以溜得很快，在刀剑的混乱中杀死一个身负重甲、笨重移动的士兵已属不易，这些快速游弋着的通译就像湍急流水中的小鱼儿，让人抓不住也没人想抓住。即使战争是屠宰场，也总有人会活下来。"

"你说什么？"国王G问。获准退休的C将军急忙跪下来，他的脸色变得苍白："这，这是那些通译们说的，我只是想把他们的话告知给万能的、尊敬的王，不想有所隐瞒，没有别的意思。我老了，脑袋越来越不灵光，经历了战争的磕磕碰碰，嘴里的牙齿已经松动了大半儿，不再有栅栏的样子……""好啦好啦，我没有责怪你的意思。"国王G那天兴致很好，心情极佳，当然就丧失了发火的理由。"你说，我去边境，听一听战士们的对骂可好？这样有趣的事我还是第一次听说！你知道，在王宫里，我从来就……没完没了的公文，看过前三句话我就知道他们接下来会说什么，

149

不过都是些规规矩矩的废话。他们只让我看我能看的,他们只让我听我想听的。"

……事情并不像国王 G 以为的那么轻易,当他把自己的想法向大臣们提出,劝谏便如十一月落在屋檐前的雪,他们各有理由,尽管在措辞上多数极为委婉:历代圣王没有先例,而作为一代明君圣王,国王理当学习古代的圣王们,尽量参照圣王们已有的做法行事;舟车劳顿,对国王的身体不好,请国王为国家着想保重圣体;花销甚大,户部今年的预算已经按规划划拨下去,如果必须出行也请安排在明年并做好充分的预算,否则难以有尽善尽美的保证;路途遥遥,且路途之中山高水险,部分地区有悍匪出没,虽然他们不足以真正威胁到国王的安全,但哪怕一块小石子惊扰到圣驾也是不好的;国不可一日无君,国王去往边境来回至少三月,朝中如果有大事要事请国王定夺可国王远在边地……都督佥事 L 上疏国王 G:我们刚刚和国王 D 达成和解的协议,这张纸的存在还十分脆弱,如果国王 G 贸然出现于边境上,国王 D 会怎么想? 他会不会把国王 G 的行为看成一种挑衅? 当然我们可以派出使臣与国王 D 进行

150

协商,顺利的话也可以化解误解与误判,但,万能的、尊敬的国王您是要看两军对骂,它需要国王 D 的军队配合——以我对国王 D 性格的了解,他是不会答应的,即使我们为此支付双倍或更多的费用也不行。没有国王 D 的配合两军对骂就是不可能完成的任务,除非万能的、尊敬的国王您试图挑起一场新的战争——"岂有此理!"

太师 H 上疏……"岂有此理!"

知事 J 上疏……"岂有此理!"

知事 K 上疏……"岂有此理!"

"岂有此理!以后,此事不许再议!你们只要按照要求去做就是啦!"

参知政事 L 上疏,员外郎 Z 上疏,鸿胪寺少卿 I 上疏……这时,他们的矛头对准的是退休的 C 将军,一封比一封措辞严厉。随后,C 将军的奏疏也来了,在奏疏中他不但反复地痛骂自己,而且承认自己其实是在说谎,根本没有战场上的骂战,根本没有穿梭在两军阵前的通译——这都是他在一本满纸荒唐言的书中读到的,那本书中还说,有一个完全看不见的人在军队里服役,它只是一股不眠不休的气!C 将军痛哭涕零地向国王 G 请求:他愿意接受一切处罚,他愿意把自己得到的所有赏赐都交还给国王,只是,恳请国王放过他瞎了一只眼的儿子,他完全不知情。"岂有此理!"国王 G 更加恼火,"你们一个个说我的每句话都会像钉子一样钉在铁板上,能理解的要听,不能理解的也要听!可真到我想做的事上,你们就用种种理由来阻挠!告诉你们,这一次,谁也甭想制止我,就是一个人,我也要自己走到边境上去!你们,你们都死了这条心吧!"

没有人会想到国王 G 如此倔强,没有人会想到国王 G 能如此坚持,所有大臣、所有王妃、所有王公都低估了这一点。经历了反复的拉锯,六个月后,获得胜利的国王 G 终于得以成行。出发前,国王 G 先按照惯例在京城的城墙下检阅跟随自己的部队,其规模、参加人员的级别、检阅方式均由负责人事的吏部和负责军事的兵部协商制定,其间的公文往来自然是堆积成山,是讨价还价之后的结果。

那是一个初夏的午后,浮云布满了天空,有点阴沉,而天气则显得闷热无比。将士们满身厚厚的盔甲,一丝不苟地站在闷热的空地上,有一本名叫《搜异记》的书借士兵之口说出了套在盔甲中的感受:就像焖在一口锅里,而这口锅,又支在了慢慢加热的火上,根本没有办法挪开。许久之后(不知道是不是有意,国王 G 的出现比预计的时间晚了大约四十分钟。在这段实在难熬的时间里,一些体质较弱的士兵因为中暑而倒在地上,他们一一被拖到城门的后面,他们的位置被旌旗暂时填充),蓦地响起三声军号,它就像骤然吹过的凉风一样,已经昏昏沉沉的士兵们、将军们为之一振:国王 G 骑着一匹高大的枣红马,在卫士、大臣、侍女们的拱卫之下,来到了队伍的前面。

"这位勇士,你是谁?"国王 G 按照规定的动作在每一位军官的面前勒住马,以规定的分寸上下打量着。

"万能的、尊敬的国王,我是 A,御马监右卫,陛下。"

"我的王国需要你,感谢你的付出,勇士。"国王 G 点点头,他拉拉马缰,来到另一位军官的面前。"这位勇士,你是谁?"

"万能的、尊敬的国王,我是 B,都指挥佥事。"

"我的王国需要你,感谢你的付出,勇士。"

"这位勇士,你是谁?"

……略过规则严谨、一成不变的检阅,国王 G 浩浩荡荡的人马终于在傍晚时分出发了,走了三五里路便安下营来,国王 G 和他的士兵们经过一下午的检阅都已疲惫不堪,何况那些在队伍中倒下去的士兵们还需要救治。一切都是有条不紊,吏部、户部与兵部的准备的确足够充分,走进行宫里的国王 G 对周围的一切没有任何的陌生,就连行宫里的侍卫、宫女也都操着一口流利的京腔,这竟让国王 G 感觉每个人都似曾相识,就像他当年从太子府搬入皇宫偶尔再回太子府小住——他甚至认得那茶杯,官窑烧造,虽然与他平时用的并不完全一样。一走进房间,国王 G 身体里的力气便消失殆尽,在用过简单的晚餐之后哈欠连连的国王 G 很快就进入到一个黏稠的梦里去,他感觉,自己像被包裹在一团胶质的东西里面,移动不得,而他竟也没有生出试图把自己挪出去的念头。

早饭,出发,午饭,午休,出发,晚饭……国王 G 前往边境的一路乏善可陈,一切都是规划好的,一切都是按部就班,国王 G 感觉他的这支队伍每走的一步、每一步的步幅大小都是计算过的,就连哪一匹马会在什么时间、什么地点停下拉尿都有周详的预案……仔细想想这也是一件令人恐怖的事儿。国王 G 在出发之后的第五天曾想过改变,然而在他下达命令之后立刻一阵兵荒马乱,一些跟随他出行的大臣纷纷跪在他的马前,请求他重新调整回到计划中来——"我实在烦透你们的计划了！告诉你们，我不会那么做的！要是我们的敌人，这么说吧，国王 D 知道了计划，他完全可以不费吹灰之力地把我们杀掉……"第六日早晨，刚刚赶到预定住处的国王 G 下令休整一天，然后重新按计划进行。"我知道你们也都累了。"

国王 G 前往边境的一路乏善可陈，唯一的波澜也已经过去，这一日，国王 G 终于来到了边境。所谓边境，其实就是一条宽阔的河，河的对岸就是国王 D 的队伍，他们看上去与国王 G 的人马没什么两样，除了衣服的颜色。"万能的、尊敬的、至高的国王，我们现在开始吗？"一位穿黑衣的指挥官向国王 G 请示，被隐秘的痔疮折磨着、有些昏沉和丝丝缕缕疼痛的国王 G 没有听清他的名字，也没有听清他的官职。"好吧……勇士。现在，看你们的了。"

"浑蛋！"

"你们才是浑蛋！"

"寄生虫！"

"你们才是寄生虫！"

"臭狗屎！"

"虫子屎！"

"大粪！奴隶！狗！马！驴！"

"你们才是臭狗屎！你们才是虫子屎！你们才是……"

骂声连成一片，此起彼伏，话语的气流在河流的中间打着旋儿，它们甚至把河水撕开了一道蜿蜒的小口，有几只慌不择路的小鸟竟然把河水当作了天空，直直地扎进去。国王G显然有良好的兴致，他的枣红马甚至冲到了河水之中，若不是跑过来的侍卫们拦住马头，他也许会选择冲向对岸，和那些穿着国王D军服的士兵们站在一起。"你们才是……"国王G的马鞭指向对岸，可后面的话却没有骂出口。他停下来，向战战兢兢的小个子侍卫询问："你说，我是该选择轻微的、中等的、不能容忍的、血腥的和致命的哪个等级？既要符合我的身份，又要让我感到痛快，又不引发不必要的战争……你说，我该怎么骂才好？"那个战战兢兢的小个子侍卫站在水流中，面色苍白，根本没有勇气和脑子对国王G做出回答。

在持续了一个小时之后，相互的谩骂有所升级，有的战士竟然开始向流水中抛掷石块。双方的将领们不得不出面维持秩序，已经感到满足的国王G连打了三个哈欠：

156

"好啦,结束吧,都散了吧。感谢我的将士们,你们为国家做出了贡献。国王不会忘记你们的付出。"

回到住处,国王G抬头望着天上的月亮,忽然想起了C将军:"C将军呢?很长时间没有他的消息了。他现在怎么样?"

跟在后面的大臣面面相觑,不知道该如何回答。

"算啦,不用管他啦。你们来,我们安排一下明天的行程。"

回到京城的国王G重新开始他的旧有生活,一切重新按部就班,天天如此,月月如此,年年如此。他在那些看了三行字就开始丧失兴致的奏折上批复:知道了。知道了。着令户部去办。着令吏部去办。知道。知。可行。行。可。按规制办理。准。有时他也会玩些小小的花样,譬如换一种字体批复:知道了,知道,知,可行,行,可。这些小小的花样竟然让他感觉愉悦,像一个偷偷吃掉母亲藏在暗处的糖果的孩子。"怎么有那么多的规矩?"有一次,他对自己的王妃说:"我觉得我所做的这些我们家的孩子都可以做,随便一个什么人都可以做。不过是如此如此……反正都是规定好的。"

"怎么会,万能的、尊敬的国王,您怎么可以这样想!这个国家的治理怎么能离开英勇神武、雄才大略、恩泽天下、万民景仰的您呢?……若说,没大事发生,一切都在国王您的掌控之中,一切都可以按照祖先传下的规制完成,恰是国王您的福泽深广……"

"我知道你会说什么,"国王 G 打断了她,"我说出这些的时候就已经猜到你会怎么说,包括你所选择的每一个词;如果我把它说给礼部的 C 侍郎,他会怎么说会使用哪些词会是怎样的表情我也一清二楚。我说的,是另外的意思。"国王 G 说,他感觉自己的每一天、每一个时刻都是被打理好的,一天里要做多少事要在什么时间做也都是被精心打理好的,虽然这样并无不可,但他总是有些不甘,这种不甘,每过一段时间就会突然地强烈一些。他说他想了解大臣们的生活、士兵们的生活、贩马商人的生活、京城里市民的生活、流浪汉们的生活,可他了解不到,他知道自己了解不到。无论是什么事、什么人,能到国王面前的一定是经历层层过滤之后的,它们不再是原来的样子,而是希望呈现给国王的样子。貌似,国王无所不能,国王知道天下事,但似乎又完全不是这样。"我有时感觉,自己的眼睛是被蒙住的,自己的耳朵是被堵住的。"

国王 G 提到一件旧事,那时,他只有八九岁大,还不是太子。一次出门,他忘记了是什么缘故反正他走得匆忙,侍卫们没有跟过来。那是他第一次在没有别人陪同护卫的情况下一个人出门。走到京城的街上,挤在熙熙攘攘的人群中间,他的心里既忐忑又兴奋。他看到有人在卖布,有人在买布,有人在卖大大小小的盆盆罐罐,一些人挤在那里讨价还价。有人在卖马、刀或剑,铁匠铺里叮叮当当的声音好听极了,他走到门口,看到烧红的铁,看到了铁匠的击打也看到了四溅的火光,一切都是那么地神奇,以致他心里生出了崇拜。各种各样的鞋,这是他在王宫里看不到的;各种各样的粗线,这也是他在王宫里看不到的。还有那些绿油油的菜,还有那些飘散着诱人香气的水果……它们和王宫里的不一样。国王 G 说,在街上,他走的每一步都小心翼翼,那么多的新鲜和陌生让他在兴奋和忐忑之间来回摆荡。这么多年过去,他还时时会想起那日独自出门时的所见,它们也依然那么新奇。国王 G 说,这个记忆里有至少十只小小的野兽,它们会突然地伸出爪子来,让

159

他心动一下，心痒一下。

"终有一天，我会一个人出门，走到街市上去。我不知道这么多年过去了，它们会变成什么样子。"国王 G 说，那天让他至今念念不忘的还有一件事：在一个街口，他听见哭闹声，出于好奇他循声走过去，看到一个大约喝得有些微醺的男子，揪着他妻子的头发往屋里面拉。他咒骂着，而那个女人则紧闭着嘴巴，只有在头皮被扯疼的时候才会喊叫，随后马上重新闭住嘴巴……国王 G 承认，这个女人尖锐而短促的喊叫一直让他挂念，特别地挂念，那声音简直……在挣扎的过程中她的一只鞋子被拖掉了，国王 G 走过去，看到甩在尘土里的那只鞋上绣着一朵已经看不出颜色的莲花。

"后来怎么样？"

"不知道，"国王 G 摇摇头，"恰是因为不知道，我才放不下。我不知道生活还可以这样，他们那些人，竟然是那样的。在我的父母身上看不到这些，在我兄弟姐妹那里也看不到这些，天天读的圣贤书中也没有这些，可原来，还有这个样子，还可以这个样子。我一直在想后来怎样了，后来怎样了——但我想不出来。"那只绣花鞋被国王 G 带回

160

了家,然而在进门的时候就被他母亲抢过去,远远地丢出了墙外,同时被丢出墙外的还有一串看上去颜色鲜亮的冰糖葫芦。那串糖葫芦,他只咬了一颗。"王妃,你有我这样的经历吗?"

没有,当然没有。从很小的时候她就知道,自己出不得二门,更不用说走出大门了。她只有一片小小的天地,只有一小片天地是她的,很长时间里她觉得在这片天地之外全都是狂风暴雨、全都是毒蛇盘绕……

"我们俩一样。"国王G的表情有些黯然。"不止一次,我做过同一个梦,梦见自己被包裹在一个什么东西里面。它很黏稠,也很柔软。终有一天,我会走出去的。一定。"

低眉顺目的王妃没有把国王G的"一定"放在心上,她按照王妃的礼仪要求平静地表示了一下赞同,然后再按照其他礼仪的规定将它忘却。关于这件事,她不止一次地听国王G复述过,而且国王G也曾把这个故事复述给不同的王妃,某位心怀叵测的王妃还曾试图模仿那个妇人的喊叫以笼络国王的心,不承想事与愿违,国王G将她打入冷宫,再也没有让她在面前出现。国王G也没有把自己的"一定"放在心上,鱼儿离不开水而雄鹰也不能离开天空的道理他是懂得的,至于向往则完全是另外一回事。不过,随着时间的长此以往,国王 G 的懈怠越来越明显,他在奏折上的批复越来越少,字迹也越来越潦草。这一日。暑热难耐,连存放在寝宫里的冰块似乎都散发着一股霉变的气息,即使在夜里,即使在没有灯光的情况下,翻过身来的国王 G 也看到水缸上方白影绰绰,融化着的冰块几乎已经沸腾。抹掉身上层层的汗水,睡不着的国王走到院子里,他顺着曲折的走廊一路向外面走去。院门外,他听见了女孩们的哭泣之声。两个人,是 N 王妃院子里的宫女。"怎么啦?你们为什么要哭?为什么大半夜的,在这里哭?"

两个宫女来自遥远的江南。今年水患,家中受灾严重,已经断炊,其中一个女孩的父亲还下落不明。

哦……国王 G 想起,来自 Z 巡抚的奏报中是谈到过江南的水灾,上面只有轻轻淡淡的十几个字,但渲染皇恩浩荡、衙门积极、救助得力的文字倒有四百多,而且,奏报上说,尽管无情的水灾让 V 河两岸损失惨重,然而现在已经得到有效控制,民心安定,重建工作已经开始。"不是说,已经安置好了吗?"

"没有……"个头高大些的宫女向前挪了半步,刚才哭得痛彻的也是她，"万能的、尊敬的国王，没有，他们没说实情。您高高在上，他们不会让您听到真实的消息的。事实是，雨还在下。当地的民众已经流离失所，饿殍遍地……"

"没那么夸张吧。"国王 G 有些不高兴，"我很难相信你所说的，当然特例会有，有一户两户断米断粮救济不上也是有的……他们吃不到米、面，总有些肉末可以暂时充一下饥，也可摘些能够缓解饥渴的瓜果。"

个头高大些的宫女眼泪又下来了，她仿佛没有看到另一个宫女的阻拦："万能的、尊敬的国王啊，我们两个人，两家的距离有四十余里，当地的人也都知道我们是跟着王妃的宫女……我们两家都已经这样，属于特例实在说不过去啊，万能的、尊敬的、仁慈的国王！吃不到米、面，当然也就吃不到肉末了，据说他们现在只能到处寻找草根和树皮……万能的、尊敬的、仁慈的、睿智的国王，他们怕你惩罚才没有和您说出实情，他们堵住了您的耳朵……万能的、尊敬的、仁慈的、睿智的国王，我知道我今天向您说这些会有怎样的后果，可我也不能不说了……"

"岂有此理！"国王 G 突然感到恼怒，"我告诉你，如果证明你在诽谤我的官员，我将会重重地责罚你，不光要责罚你，我还要……来人，先把这两个宫女押进女监。另外，告诉 Z 巡抚，马上进京，我要听一下真实的情况。"

……事情最终得到了解决，它在庞大的帝国运行中只是微小的一环，微小得像一粒被风吹来吹去的沙子。然而，这粒沙子却落进了国王 G 的眼里。国王 G 关心的不是沙子，而是自己的不适，他越来越不能容忍这份不适的存在。

"你们其实一直在骗我。你们让我看到的，都是假象。别以为我真的就看不出来，我只是不愿意说破罢了。"国王 G 又一次爆发了，他告诉那些战战兢兢的大臣们，他将在某一日微服私访，不和任何人打招呼也不让任何人跟随，他就一个人出门。"我要看看真正的生活是什么，而不是你们安排好让我看的。我要走到我的子民中间，这，不是你们一直想要的吗？你们不都在说，伟大的国王应当了解他的子民，应当能悲伤他们的悲伤、痛苦他们的痛苦吗？你们不都在说，我应当向伟大的国王们看齐……你们，还有什么好说的？"

大臣们纷纷过来劝阻。国王 G 怒道："停！你们不要说，我自己说。我知道你们会说什么，我都知道。"

国王 G 列举了将近七十条理由，安全问题，安全问题又分人身安全和食品安全，就是食品安全也可分为有意下毒、无意下毒、卫生状况等等等等。下雨的问题，下雪的问题，天气炎热或寒风刺骨的问题，马车受到惊吓失控的问题，酒徒们惹是生非的问题，被阳光晒得发晕的大汉火气太大的问题，偷盗的问题，被打铁师傅砸出的火花溅在身上的问题，被乞丐或无赖纠缠的问题……"那，为什么别人能行？就我一个人不行？好吧，我是国王，这个国家里不能没有我的存在，但我如果没有危险、可以杜绝这些危险，是不是就可以到我的子民中间去了呢？"

大臣们继续劝阻："万能的、尊敬的、睿智的国王，当然您是一言九鼎，当然您可以做任何一件您想做的事，只要是您想做的而又利国利民的事，我们当然要殚精竭虑、精心安排……""我就是不要你们安排！现在，是我这个国王向你们恳求，我想到我的子民中间去，我想过几天不一样的生活，我想了解他们真正想什么、怎么评价我这个国王……"

大臣们用种种可用的方式劝阻，哪怕国王 G 动用了恐吓,并真的打烂了三个大臣的屁股也不肯后退半步。"外面真的有那么危险? 要真有那么危险,我掌管这个国家又有什么用处?"国王 G 的偏头疼又犯了,这段时间以来它有些频繁,而且有所加重。"我,我该怎么对待你们才好? 让你们一直骗下去?"

"我们这些当大臣的,怎么敢欺骗国王您呢? 万能的、尊敬的国王,您可不能这样想我们……"

国王 G 头的左半边已经被疼痛缠绕,他感觉那个区域的大脑已经被数量众多的白色虫子吞噬得差不多了,它们在咬他的骨头。"我该怎么想你们?"持续的头痛让国王 G 失掉了遮掩的耐心,"C 将军怎么回事,江南的大水怎么回事,水路运不来的盐又是怎么回事。我知道你们做了什么,我是知道的!"

"万能的、尊敬的国王! 我们也许有失察的时候,也许有……因为事情得到控制而尽量将问题化小不敢打扰到国王您的时候,可是,可是说我们欺骗您——我们真的是冤枉。"

——"非要我说破是不是?"国王 G 抬起头来,他指着一位跪在后边的大臣,"上次,我去边境的事宜,都是你协调的,你告诉我,我们应当两个月才能来回,为什么我们只用了一个月就完成了来回,我还曾耽误了你两天的计划。为什么?你回答不上来了,是吧?那我告诉你!我们根本没有到达边境,我们遇见的也根本不是国王 D 的军队,他们是我国王 G 的士兵们,只不过出于需要穿上了国王 D 的军装!"

"万能的、尊敬的国王……"

"二十多年,我一直配合你们,我也理解你们,可是,我想,现在该你们来理解我了! 你们早就该理解我了!"看上去,国王 G 很是痛苦,他身边的大臣和太医对此束手无策。"先王在的时候,我一直习惯按照旧制做事,所有的事都循个先例,在这点上我和我的父亲很像。我简直就是你们的一个提线木偶! 现在,我就想做这样一件事,我也不需要你们安排! 如果不同意,那,以后的早朝就免了吧! 我的太爷爷就这样做过,这也不是没有先例……"

《明园随记》中说,国王 G 和大臣们的"拉锯式争斗"一直持续了两年之久,三任吏部尚书被革职,两任礼部侍郎被打得半月下不了床,还有十一位官员上疏请辞,国王 G

都给予了应允,并且在给他们的回执上统一写下:永不得回京。有些地方的官员也给国王 G 上疏,劝国王 G 能够体谅大臣们的苦心,当臣民的怎么能看着国王犯险而不冒死相谏呢?他们都是为了国家着想,国王 G 作为有史以来最英勇神武、雄才大略、恩泽天下、万民景仰的国王,不但不应责罚那些大臣,还应给予奖赏,这样才更能收拢臣民们的心,让他们更感念国王 G 的恩泽……侍卫们加入了劝谏的行列,国王 G 的母亲、王妃们,包括儿子们和女儿们也加入了劝谏的行列,面对众多的嘴舌,国王 G 实在不胜其烦。"我现在,谁的话也不想听,无论你们要说的是什么,我都不想再听。够了,已经够了!"

《明园随记》说,最后,国王 G 和大臣们达成协议,他们把集市搬进了王宫。

在宫殿的一侧,木匠、石匠和砖瓦匠按照真实的比例复制了京城最为繁华的一段街道,街道上的门店也完全照实复制了过来。在街道上是米店的那在王宫里也是米店,在街道上是酒肆的那在王宫里也一定是酒肆,在街道上是木器行的在王宫里也是。它们的招牌……国王 G 坚持,绝不能请宫里的画匠们去写,而是要按照街道的原样——总之一切都尽可能地像真实的那样，国王 G 走到这里，就感觉自己真的出了王宫，走向了他所要的民间。街道上的小桥也被搬入王宫，而桥下的流水并不能照样搬过来，一位木匠向国王 G 进言，是不是可以把护城河的水引进来，让它从王宫里绕一圈然后重新流至城外？国王 G 采纳了这一建议，于是，王宫里多了一条流淌的河。

铁匠铺，并不在最繁华的那条街道上……聪明的大臣悄悄修改了图纸，将它放进了王宫，为了保险起见它距离新引进来的水流很近，那位大臣还自作主张在铁匠铺的后院里放置了四口硕大的水缸，鉴于国王 G 并没有去铁匠铺后院看过，这一自作主张当然天衣无缝，合情合理。

每日傍晚，国王 G 便会走向宫中的街市，那里早已热闹非凡。卖布的老板是礼部官员，和他讨价还价的那个老人曾是宗人府的主事，而坐在瓷器店的台阶上打盹的是吏部六科的左给事中，打扫着柜台的是他的第二个小妾，她扮演着另一个人，而那种慵懒的气息却和外面的"掌柜"显得十分相称。钉马掌的是一名御前侍卫，他总黑着脸，以致太仆寺管马的官员也挂出一脸的愤愤，只是苦了刚刚被牵来的马……这当然是协商之后的结果，国王 G 同意宫中街市上的商人和路人、买方与卖方、醉鬼和乞丐均由在京的官员及其家属还有国王的卫队扮演，安全和尊严都必须要考虑周到。偶尔，国王G来了兴致，他会走进肉店，推开正在剁馅的中书省知事，而充当卖肉的伙计。国王到来，肉店的生意立刻会变得红火，路人甲、路人乙、药店的老板、米店的伙计都进得门来，偶尔，不知趣的乞丐竟也出现在店里，掏出银子……

国王G在王宫的街市上卖肉的故事在《明园随记》《右传》《榆林记史》中均有记载，不过它们对国王G割肉卖肉的才能表述则大相径庭。《明园随记》和《右传》说，经过反复的练习，国王G割肉卖肉的才能堪称一绝，那些前来买肉的王公大臣、妃子宫女，只要报出想要的重量，但见一道寒光，国王G手起刀落，一块恰恰好的肉便落进盘子里。《右传》甚至声称哪怕你要买的肉有二十斤重，国王G也只要一刀，其实际重量与你要求的重量相差不足半两。《榆林记史》所记载的则是，无论你要多重的肉，国王G都是一刀："拿去！"没人敢去称重，无论它和你想要的重量相差多少，但你要付的银子，一定是按照你报的数量来给。于是，精细的大臣就开始滑头——我要一两三钱！拿去！有位翰林院的大臣用一两三钱买了一大块肉,也是他多事,竟然拿回家去仔细称量了一下:那块肉,足有七斤八两……

《榆林记史》还提到了铁匠。这是王宫街市上唯一不是由王公大臣和侍卫来扮演的"角色"——没有任何一位大臣、侍卫懂得如何打铁,这可是一项有技术的力气活儿,不是每个人都可以胜任,哪怕是装作胜任。没办法,这名铁匠是真铁匠,他是从另一座城市里被拉来的,由十六名官员联名担保他的可靠。即使如此,把国王的安全看得比什么都重的内务府还是不敢掉以轻心,于是他被套上了脚链,铁锤也和脚链连在一起,限制着他的挥动。负责安全事务的大臣还专门丈量了距离,在划定的安全区之外站满了貌似在观看铁匠表演的路人……然而他们的良苦用心将全然无用。国王 G 始终都没有对铁匠铺多看一眼,而传到耳中的打铁声,他也感觉实在刺耳,在王宫街市开市的当天就下令关闭铁匠铺:打铁的声音震惊了他的脑仁儿,让他难以安宁。

国王 H 和他的疆土

多日以来国王 H 噩梦连连,他先是梦见自己被毒蛇缠绕,它们吐着梦里唯一带有颜色的信子准备随时向国王 H 进攻;后来,他又梦见自己身处一片荒野之中,地上堆满了狰狞的尸骨,就连树上悬挂的也是,它们和树枝、树叶长在了一起,国王 H 躲避不及,它们会在他走到近前的时候活过来,试图拉住他或者直接咬住他的腿或肩膀……国王 H 一次次大叫着从噩梦中惊醒,醒来时身上的冷汗黏黏的,让他非常不适,为此,提心吊胆的宫女们可没少受到责罚。

提心吊胆的可不只宫女们,还有距离国王 H 最近的王妃、大臣和侍卫们,对于他们来说突然发火的国王 H 和突然降到头上的责罚才是真正的噩梦,然而他们同样不能回避,无处可藏。"你给我听着……""你,你,你们给我……"

"我说过多少次了，你非要……"多年之后，逃亡到滇南、隐居在哀劳山上的郎中令仝哀在他的《病隙琐忆》中写道，在国王 H 反复做着噩梦并一次次将自己惊醒的那些日子里，他们这些适应着国王 H 的和善、温和的大臣们第一次领略了什么叫"战战兢兢""如履薄冰"。他说，那些日子整个京城都被一种惊恐的、摇摇欲坠的气息压得喘不过气来，而王宫的屋檐斗拱上则仿若挂满了冰凌，随时可能会掉在某个人的头上。《病隙琐忆》还谈及，典客高帮庸或许因为心不在焉竟然在王宫的台阶上滑倒跌破了头，回到家里就开始发烧，国王 H 率领百官出城迎接国王 B 的军队的时候，该典客曾试图挣扎起来，但在挣扎的过程中被死亡使者收走了魂魄。国王 H 派人前去吊唁，但前往的人再也没有回到王宫。仝哀在他的文字里染上了悲凉，他说国王 H 已经顾不上这些了，他甚至再也顾不上自己的噩梦。

　　——所有的史书中没有一处提到国王 H 的大臣中有人叫"仝哀"这个名字，它应当是某个人的化名，或者假托；而国王 H 打开城门迎接国王 B 的军队的时候是个秋天，城外的苇絮如同飘飞的雪，所谓屋檐上的冰凌是不存在的。不过，它所描述的"战战兢兢""如履薄冰"则确实存在，而

173

高帮庸也的确是死在了国王 H 打开城门的那一天。《病隙琐忆》所提供的只能算是野史碎片,它里面的真真假假、错误和想象自然更多。

好吧,接下来的话题重新回到噩梦缠绕的国王 H 的身上,真正让他情绪烦躁、头疼不已的还不是这些貌似无来由的噩梦,而是现实——不止一次,国王 H 在从噩梦中醒来后精神恍惚地感慨,还不如在梦中呢。相对于阅读那些让人愤怒、心焦的战报,相对于让他束手无策的现实,他宁愿自己一直处在无来由的噩梦当中,那种滋味也比坐在朝堂上和一个个低着头、愁眉苦脸的大臣们一遍遍对视要好得多。

"你们说,你们不是说我们的国力足以称雄吗?你们不是说,我们兵强马壮,可击退任何来犯之敌,即使他们全部联合起来也不是我们的对手吗?"

"你们不是说,我们有暮江、团江之险,我们有襄州、充州、壤镇之隘,国王 B 的军队就是攻打十年八年也必定攻取不下吗?可是,怎么三天五天,我们的守军就败得全无人影?你们说,到底是怎么回事?"

"襄州有十六万军队。而国王 B 进犯我地的全部的人

174

马也不过七万。加上我在襄州的子民……三十万是有吧？这三十万人就是一群乱窜的猪，攻打襄州的二万敌军也不能在一两天内杀得完，你们说是不是？"

"你们说……你们倒是说说。接下来，我们应当怎么办？还有没有能够拒敌之兵，有没有能够率领军士们抵挡的将领？你们说说。"

那时的京城里已经没有多少空气，朝堂上，所有大臣的呼吸都不得不小心翼翼，他们的小心翼翼也传染给了国王 H。兵临城下。国王 H 已经没有了之前的恼恨与愤怒，他只是认认真真、心平气和地给在昏暗中瑟瑟发抖的大臣们讲述了他刚刚做的一个梦。他梦见后花园里的三棵梅树一起开出了梅花，在梦中这些梅花远比国王 H 平时所见的所有梅花都大，都艳，完全是一种深深的猩红色——"这是我最近第二次梦见颜色。之前的所有梦都是黑白，而这次，我梦得更为清晰。"

"伟大的、正确的……尊敬的国王，在微臣看来这是一个吉兆，您终于可以摆脱那些噩梦了，它说明上苍将会降下神力眷顾您和您的子民。请国王下旨将您的这个梦传谕给城里的将士和百姓，以鼓舞他们的士气！臣子们当与都城共存亡！我听说刘子义的军队还在抵抗，他正朝我们的都城星夜赶来，而襄州、壤镇附近的民众也已……"

"你不要说了。"国王H打断了这位老臣的话，"太尉，我在想，如果国王B的兵马初犯我边境时我们不采取主动进攻，如果充州失守时我们接受国王B的条件，如果我不是采纳你的主张撤掉张镐的职务改派王忠诚……我没有责怪你的意思，真的，事已至此，我不责怪任何一个人，尽管我终于想明白了一些事。你不要再说了。"停顿一下，国王H呼吸了一口让鼻孔发黏的空气，这口气竟让国王H的眼睛呛出了泪水："我觉得我梦见梅花的意思是，上苍要我放弃我的王位，而选择保存我的子民和城里的花花草草。它们何其无辜。你们，派人和国王B的将领谈吧，只要保留我的子民，最好也保留下后花园里的那几棵梅树。明年，它们的花儿会开得很漂亮。"

"伟大的、正确的、尊敬的国王……"

"算了算了。我，何曾伟大过、正确过？一个亡国之君……"

《五十四史》对国王H打开城门、迎接国王B的军队进城记载寥寥，只有九个字：H降，率众迎兵，国亡矣。较为详细些的描述，见于之后成书的《稗史搜异》与《聊经》，不过二者的描述分歧多多，让我们不知道谁的记载更客观可信一些——在《稗史搜异》中，国王 H 与他的王妃、大臣们跪于城门之外，为了表示诚意和绝无夹带他们均"肉袒赤膊"，那么冷的秋天国王 H 竟然是满身大汗。《聊经》同样记述了国王 H 的汗水，但它说国王 H 顶重冠、着龙袍，将自己的玉玺高高举过头顶。《稗史搜异》记述国王 H 打开城门的那一日城里哭声一片，而当夜的月亮则"大十倍于平常，其色初黄于橙，继红于血"。但《聊经》的描述则全然不同，它说城里的民众在旧官员的安排下"锣鼓迎之，伎舞乐之"，而对《稗史搜异》里记载的奇异天象只字未提。

国王出降，国王 H 的王国很快土崩瓦解，划归到国王 B 的版图中，连同划归到国王 B 的版图中的还有土地上的牛羊、树木与河流、宫殿与茅屋、男人和女人、老人与孩子。按照国王 B 的旨意，国王 H 和他的王妃、大臣一路颠簸，赶往国王 B 的京城。路途迢迢，并且向北的路越走越是寒冷，国王 H 的脚上生出了冻疮，奇痒难耐但他不得不忍耐，于是负责赶车的马夫撩开门帘，经常看到脱掉了鞋子的国王 H 正在用力地搓着脚,他把生有冻疮的地方一次次搓破,溃烂处流出黄色的水来。好心的马夫将自己携带的药分给了国王 H,但嘱咐他只能自己用:"你要给别人,被人看到,我的命就没了。你可能不知道,国王 B 是一个多么严厉的人,他不允许我们有半点越矩。正是他的严厉,我们才有了这支纪律严明、百战百胜的部队。"

从国王 H 的都城走到国王 B 的都城,用掉了整整两个月的时间,这一路可以说是苦不堪言,但很快国王 H 的情绪就好了起来,尽管冻疮也开始在他的手背上、脸上缓缓出现。一日,他从车上下来去树林处小解,竟然惊起了一只肥大的、不知名的鸟,国王 H 呐喊着在雪地上追去,直到被国王 B 的士兵拦住去路——"快,快看那只鸟!"他还是兴致勃勃,激动得像一个不谙世事的孩子,"我从来没见过这么大的鸟,这么笨。要是我有弓箭……"一位好事的士兵顺手将自己的弓箭递给了国王 H,他费尽了全身的力气也没有将弓拉开,而那只在他看来的笨鸟已经不知去向。"你这弓,太沉了……"国王 H 的脸色通红,不应当完全是冻伤的缘故。

两个月的时间足够漫长,而且他们是朝寒冷处走去,越走冷意越深。一位跟随的大臣染上了风寒，他死在路上，粗鲁的士兵们草草地处理了尸体将之丢进树丛，连一丝布缕也没给他留下。越走冷意越深，两位大臣因为一个偶发的事件与士兵们发生争执：一名下层军官竟然试图强暴国王H的王妃——戴王妃，她一直深得国王H的喜爱——两位大臣先后挺身制止。结果是，其中一名大臣被抽二十鞭子，气息奄奄中被丢下山崖；而另一位跪下求饶的大臣则被砍下了头，他的血喷洒在雪地上显得异常鲜艳。至于那名戴姓王妃……她当然不会有什么好的结局，最后，她被遗弃在路上，寒冷和更为巨大的羞愧足以要了她的命。

越走冷意越深，他们翻过山坳，越过结冰的河，穿过一片荒凉的沙漠，慢慢地靠近国王B的京城。越走冷意越深，被寒冷折磨着的国王B的士兵们脾气也越来越坏，他们已经不满足于折磨一下国王H的宫女、仆从和大臣，不满足于挑逗一下国王H另外的王妃，他们的注意力慢慢转向国王H。有个大胆的士兵在众人的怂恿下向国王H提出要求，他要求国王H为他提上鞋子——"大胆！混蛋！"愤怒至极的左丞孙思恫跳出来试图挡在国王H的面前，但被国王 H 制止了。"你们这一路,也辛苦啦。没事,我为你穿好。"国王 H 盯着那个士兵略显窘迫的脸,"不过我告诉你,不要为难我的左丞。否则,我不会再向前走一步。"

有了第一次就有第二次,有了寸,终会有尺。国王 B 的士兵们开始拿国王 H 取乐,他们为此想出不少方式,负责看守的军官似乎也小有纵容,尽管他从不加入取乐的队伍当中。路途迢迢,士兵们可取乐的事情很少,据说上面下达了严令绝不允许士兵再碰国王 H 的王妃——不许碰你的女人,那我们就碰你试试。一个士兵将国王 H 推倒在雪地上,他的举动引起一片哄笑,有一个士兵还用靴子踢起雪来,将雪甩到国王 H 的身上。一向温和、怯懦的国王 H 站起来,他的脸上带有不可遏的怒气,径直走到那位推倒他的士兵面前——"你……"

"我怎么了我?"粗鲁的士兵根本不看他的脸色,而是再次将国王 H 推倒。"你再爬起来啊。你以为,自己还是国王?"

《五十九史》没有留下半句对于国王 H 在路上的描述,它记录的是某些骨骼:解帝京,封兵败侯。而具有血与肉成分的,则多见于《稗史搜异》之类的野史和传说之中。

《小渊趣谈》以一种不屑与嘲讽的语调记道：国王 H 仆数十次，而那位士兵当然也就推搡了数十次，随后国王 H 的王妃、大臣和宫女、仆从们一并跪倒在车马之前"哭声如嚎，数里可闻"。那位确实过分的士兵遭到鞭刑的惩罚，可随后几日士兵们的愤怒则全部招呼在国王 H 的王妃、大臣、宫女、仆从们身上，先后有三个人因为虐待而进入死亡的领地之中，他们甚至不能带走自己的身体。在描述之后，《小渊趣谈》以"小渊舍主曰"的方式进行了事件点评，不屑和嘲讽的味道又有加重：看呐，只知声色犬马、听信谗言的昏君落得了这般下场！当那些士兵们对他的王妃动粗甚至猥亵的时候，这位失去了王位和疆土的国王只会含泪傻笑，他连转向而去的勇气都没有。幸亏小渊舍主生活在一个政治清明、国富兵壮的时代，如果生活在国王 H 的时代并是他的子民，该是如何痛苦和绝望的一件事啊！《稗史搜异》同样记述了国王 H 在路上的屈辱，同样谈到了他的被推倒，但《稗史搜异》说的重点却是"兵止数日"——士兵们不得不在将领们的逼迫下向国王 H 道歉并保证不会再做刁难，国王 H 才答应重新上路。

一路风尘，一路深到骨头里的冷。国王 H 脚上的冻疮直到春末桃花都已谢掉的时候才得以痊愈，而第二年第三年，尽管再无冻疮出现，但国王H还是在冬天到来的时候感觉奇痒无比，他的手很快便将两只脚的脚背抓烂了，医生不得不为他反复治疗。他，被国王B封为兵败侯——"我实在想不出更合适你的词。要不，你自己起一个？"国王H连忙摇头："不不不，感谢尊敬的、伟大的国王。我觉得好，我就是兵败侯，我的将士就是一堆狗屎和烂泥，而我又是那么昏聩。我只配当个兵败侯，没有比它更合适的了。"

看得出，国王B对跪在自己脚边的国王H颇有些好感，他用自己的皮靴蹭了蹭国王H脸上结了厚痂的冻疮："听说，你走了两个月之久？""回尊敬的、伟大的国王陛下，是的，我们走了两个月零七天，这是刚刚，您的将士们提醒我的。""我的士兵对你，还算和气吧？""感谢您的照顾，他们对我还算和气。""是吗？我可是听说……""回尊敬的、伟大的国王陛下，是有些小小的摩擦……您知道，我们这些人有些娇生惯养，不太懂得兵士们的苦心……一个亡国的人，还能要求什么？"

"一路上，你有什么感受？和我说说。"

"嗯……就是路太远了。我要是有点远见,不那么昏庸愚蠢,应当在三个月前就早早出降,早早来见陛下您。那样,我就可以躲过冬天了。在冬天里奔波,实在有些受罪。这,应是对我昏庸愚蠢的惩罚……"

"好好好。"国王 B 对国王 H 的回答很是满意。他叫国王 H 将自己的靴子脱下来——阅读过我的小说《三个国王和各自的疆土》的朋友应当知道为何如此:"《右传》《榆林记史》等史书还极为详尽地记叙了国王 B 的一个嗜好——凡是被捕获的敌国的国王、将军和大臣,国王 B 都会将他们囚禁于京城,命令他们用舌头去舔自己长满了疮斑的脚。国王 B 有无论是夏天还是冬天都穿长筒马靴的习惯,他愿意时时刻刻把自己扮成一个准备出征的马上帝王。"
"舔吸国王 B 脚趾的人不许现出任何悲伤、厌恶之类的神色,他们必须像一条条忠实的狗,他们必须装得兴高采烈。国王 B 曾下令,凡是舔过他脚趾的人一律免除死罪;凡是在舔的过程中显出兴高采烈的样子让国王 B 感觉满意的,可按程度的不同得到种种优待,甚至可以回去继续治理他已经丧失的国家。"

兵败侯。住进园子的第一天，国王 H 坚持自己来打扫这个园子，好在它并不大，而且在他住进去之前国王 B 已经命人打扫过了。将国王 H 送到园子里的官员告诉他，之前这个园子曾叫肉袒公府，住过另外一个国王——国王 E，这个闲来无事的昏君竟然在院子里养起了鸡，弄得这里现在都有一股淡淡的鸡屎味儿。说这话的时候那位官员抽了抽鼻子："你闻闻，你自己闻闻。真不知道你们这些人是怎么想的。"

不知为什么，他的这番话骤然触动了国王 H 的神经，让国王 H 哭出声来，怎么也止不住。

"我们这些昏君，我们这些昏君，我们这些该死的昏君……"

那是国王 H 哭得最悲恸的一次，就是在他噩梦连连的时候也没有，在他打开城门出降的时候也没有，他的大臣被赤身裸体抛在树丛里的时候也没有，他的某个王妃被丢下车辇的时候也没有，就是，在他被一次次推倒又一次次站起来的时候也没有，后来他的儿子死在受惊的马蹄之下的时候也没有。国王 H 捂着自己的脸，抽泣着，泪水从他的手指间渗出来流出来涌出来……他的哭泣甚至让那个官员感到不安,陪着国王 H 掉了不少的眼泪——"我,我是说……"

过了很久国王 H 才恢复正常,但眼睛的红与肿无法立即消除。他向那位官员表示歉意,然后拿起扫帚开始清扫。"我不会上报的……"那位官员低声留给国王 H 这样一句话,然后匆匆地离开了兵败侯府。剩下国王 H 独自一人。他带着自己红肿的、变得很厚的眼,独自清扫着略显空旷、破败的院子,一扫帚,一扫帚,然后又清扫第二遍。在第二遍开始的时候已是黄昏,他真的闻到了鸡屎的味道,仿佛是被压碎的苦杏仁。

不知道是不是无意疏忽,负责为国王 H 做饭的厨师两天之后才到,而且是一个只会说土语的仆人,他倒是勤快,但一旦停下,哪怕是偎依在一棵树上,他也会立即发出轻微的鼾声。这,自然让偶尔还会被噩梦追赶的国王 H 羡慕不已——我要不是……国王 H 把后半句用力地咽了回去。他是,他偏偏是。他没有交换的权力也没有筹码。

他的两个王妃,是在三个月后才被放回兵败侯府的。三个人拥在一起痛哭了一场,但这次国王 H 的泪水少了很多。他们小心翼翼地生活,没有人会问在这三个月的分离中你在哪里都做了什么,国王 H 有意回避这样的话题,她们也是。细腰的齐妃眼睛已近乎失明,她需要伸展出手臂摸索着走路,而噩梦则以一种不知名的方式传染给了小个子的赵妃,她会全身颤抖着从噩梦中醒来,眼神里全是锋利的恐惧。国王 H 极为耐心地照顾着自己的两个王妃,以她们不认识的样子,甚至有些小心翼翼。

儿子们的再次出现是在半年后,大儿子还牵回了一匹枣红色的马,说是国王 B 的赏赐——"父亲,我从来没见过像国王 B 这样威严、有魅力、有智谋、有才能的帝王,在老师教我的史书中也没有!您不知道,他的军队是如何所向披靡,敌国的军队在他们面前简直就是一群等待屠杀的牲畜!而且,父亲,您不知道,他这个人貌似严厉冷酷但其实内心极为友善,只是因为他是帝王不得不……"国王 H 听着,认真地点着头,没有理会从赵妃房间里传出的隐隐约约的哭泣之声。

像所有兵败的、疆土被吞没的国王们一样,国王 H 过着被幽禁的生活,平静得如同一潭没有波澜的水——流水,落花,春去也。偶尔,国王 H 会在一些素笺上抄录几句某个国王的诗句,然后再用墨汁将它们慢慢涂黑——这样

186

的诗句,是不能让大儿子看到的,反正是不能,国王 H 不愿意和任何人发生任何争吵,更何况是自己的儿子。不过他还是和自己的大儿子吵过一次,事情出在小儿子的身上。不知道是什么原因,大儿子的枣红马惹到了小儿子,小儿子怒气冲冲,拿着一根细细的柳条朝马的身上打去:"打死你!打死你个狗奴才!"——刚刚归来的大儿子看了个满眼。

没想到他会那么怒不可遏,一把将自己的弟弟抓起,狠狠地摔在地上,然后拿起那根柳条朝着弟弟的头上、身上狠狠抽去。"干什么!"赵王妃扑过来,"你要打,就先打我吧!——""你,你给我让开!"大儿子的手臂又一次高高扬起——

"你到底要做什么?"国王 H 也奔到院子里。

"父亲,你刚才没看见……他竟然敢向枣红马下手!它,可是国王赏赐的!你知道它有多珍贵吗?!他还骂我狗奴才!这,不是连伟大的国王也骂在里面了吗?!骂我可以,但骂伟大的国王就不行!父亲,我们有今天,全是国王的赏赐,全是国王的庇护,您也知道前面的肉袒公,您也知道前面的穷蹙王……"

"你弟弟多大？再说，他的哪句话辱骂了国王 B？如果他真的辱骂到国王，我也不会袒护他，他必须受到责罚。他骂的狗奴才都未必是你……你觉得你就是狗奴才，是吗？"

"父亲！"大儿子将手里的柳条重重地摔在地上，"他会闯大祸的！我知道，你心里不满——反正，谁也不能说国王一句坏话！"

……只是一些小小的波澜，它起伏，然后平静，了无痕迹。国王 H 渐渐麻木，有时他一觉醒来，真的不知道自己是活着还是已经死去，必须用刺痛感来证实——他在床的一侧放置了一把锥子。日子像是厚棉絮，日子像是陈年的锅巴，国王 H 觉得每一个早晨到黄昏的时间都是反复的煎熬，而他，夹在寒冷和灼热之间过着木头一样的日子。一年后，他的小儿子因为疟疾而死亡，死前他只剩下两只大眼还是旧样子："哥哥呢？我要哥哥。"国王 H 握着他发烫的手，却一滴眼泪也没有流下，不只如此，他竟然感觉不到半点儿的悲痛。这件事，他从来没和自己的王妃提起过，只是在晚年，他和厨师偶尔谈及当时的情况，他说自己很是后悔，可真的就是悲痛不起来。现在，依然是。

大儿子时常外出，他是兵败侯府中最为自由的一个，他甚至和国王 B 的两个儿子也建立起了亲密的关系。相对而言，他和国王 H，和两位王妃之间的关系是疏远的——不，是三位王妃，某年春天国王 B 来到兵败侯府"探望"，他看到王府的清冷、凋敝而深感不安，于是下令，为国王 H 再纳一位温柔贤淑的王妃。新王妃很快到来，很快，她就成了侯府的主人，国王 H 的大儿子对此当然有些不满，不过对国王 B 过度膨胀的崇敬阻止了他在新王妃面前将不满表现出来。

时间一天天过去。对国王 H 来说，它有种"苦熬"的性质。

阅读过《三个国王和各自的疆土》的朋友应当记得对国王 B 和他的权力有着重大影响的那个事件：一个率队远征的将军在攻占了某一从未听说过名字的国家之后，自立为王，宣布脱离国王 B 的统治。这一消息在路上走了整整三年，得知消息的国王 B 当然怒不可遏，他实在难以容忍这样的背叛，如果不严加处置很可能会形成示范……盛怒之下人总是容易犯错的，就连一向伟大的、光荣的、卓越的国王 B 也不例外。他决定，亲率三十万大军前往讨伐……
阅读过《三个国王和各自的疆土》的朋友应当记得，国王 B
的征讨并不成功，他甚至没有"走到"他要征讨的土地上，
没有见到那支曾属于他的远征部队。在远征之前，国王 B
曾想前去探望一下国王 H，但他的车队在即将走到兵败侯
府门前时，国王 B 下令掉头——兵败，这个词突然让一向
百无禁忌的国王 B 有所不安。骑着枣红马的国王 H 的大
儿子追了上来，他跪倒在国王 B 的车队前面向国王 B 提出
请求：他愿意跟随国王 B 前往出征，他愿意成为国王 B 的
马前小卒，为他深爱的国王和这个王国效力。国王 B 没有
责怪他的鲁莽而是将他叫到面前，和他交谈了几句，让他
留在京城——你现在是兵败侯府唯一的子弟，我不会让你
有任何的闪失。国家需要你效力的地方很多，我知道你的
忠心。

"可我还是……"望着国王 B 车队久久不能散去的尘
土，国王 H 的大儿子跪在地上，泪流满面。

国王 B 走后不久，京城里便暗潮涌动，就连地处偏僻
的国王 H 的兵败侯府都感觉到了这一暗潮的存在。先是
国王 H 的两位旧臣来兵败侯府拜见自己的旧主，在一番寒

暄之后他们吞吞吐吐说起来意："您是不是还想回到我们的国土上,成为我们的君王? 您,不应当是'乐不思蜀'的君王啊! 当然,要想回去会有一番波折,我们可能要……"国王 H 不置可否,他只是一个劲儿地喝茶,并向两位大臣推荐："这茶好。在我们那里,从来没喝过这样的茶。你们也尝尝。"

国王 B 的七儿子,在国王 H 大儿子的引领下来到兵败侯府。"我和你儿子是很好的朋友,所以,叔叔,我也不会把您当成外人。我觉得,您应当为我父王和您的儿子出一点儿力,现在,是时候了……"

"不,我是一个废人,我做不了什么。不过我感谢您和您父亲对我儿子的照顾。感激涕零。但我真是做不了什么,我只是一个没有志向也没有能力的昏君而已。现在挺好。"国王 H 制止了国王 B 七儿子的继续劝说,他和他们谈院子里的桃花桃树,谈去年结在花朵上的冰——突然的春寒,竟然让刚刚开出花来的桃树上结了一层薄薄的冰,等这层冰化尽,开出的花儿也跟着坠落下来,成了难看的泥。

"父亲! 您怎么能……"

"父亲老了,就是年轻也不行,你应当清楚你父亲的无能。"

地处偏僻的兵败侯府都能感觉到那股相互交涌的潜流。率先感觉到潜流的国王H的大儿子显得兴奋异常："父亲! 我终于明白国王B将我留在京城里的用意啦! 他，真的是信任……"一向心灰的国王H觉得需要提醒一下自己的儿子："你，是兵败侯府的人，你的这一身份总是，总是——"尽管国王H欲言又止，但他的大儿子还是瞬间便明白了父亲的用意。"我知道。所以，我才要更积极些主动些。父亲，我们只有这样才能自保。不然我们就只会是案板上的肉。""儿子……"

在暗潮涌动的那段时期，噩梦重新回到国王H的身体里，成为他身体的某个出了问题的器官。他一次次梦见河流，平静的河面突然汹涌起来，然后那些游在水中的人就变成了一具具尸体；他一次次梦见桃花开了，硕大的桃花中间，竟然盘踞着大大小小的毒蛇……就在国王H的大儿子被自己的枣红马踩破肚子变得血肉模糊的那个早上，已经彻底失明的齐妃掉进了水井。"真的是祸不单行啊。"听到儿子出事的消息，国王H似乎并无多大的意外，他只是枯坐在床上，略略地欠欠身子："祸不单行。各得其所。"

前来向他汇报的士兵颇有些忐忑。他只得再次向国王 H 重复："您的大儿子与次卫将军打赌赛马,不知为何两匹马突然一起受惊,次卫将军身手矫捷跳下了马,而您的大儿子或许是太看重自己的马了竟然死死拉住缰绳不肯跳下……""祸不单行,各得其所啊。"国王 H 长叹一声,"请将军将他殓葬了吧。他也算是,死得其所。"

在国王 H 的大儿子死后不久,汹涌着的暗流终于流出地面,国王 B 的七王子、九王子、十三王子突然起兵,他们打出的是"讨伐逆贼、清君侧"的口号:国王的太子被某某某、某某某大臣蒙蔽,竟然借国王亲征讨逆、远离京城的时机谋反,意图夺取国王 B 的天下;而国王 B 的太子则与三王子、四王子联合,他们声称太子监国是国王的命令,太子也是国王 B 预先定下的王储人选,反对太子当然就是反对国王 B,进攻京城当然就是叛乱……一个月后,七王子等人的军队被击溃,他们躲进一座山的山谷中,本来,太子只要守住通向山谷的道路就能封住七王子等人的退路,他们就只有两条路可以选择:要么投降,要么饿死。可太子觉得这样的方式实在太慢了。他派人将自己的士兵装在笼子里,用一条条绳索将士兵们从山坡上吊下……太子的军队

193

损失惨重但也确实用最短的时间解决了叛乱。他不允许夜长梦多。

十三王子被俘。他的母亲向太子求情,太子答应了她的请求,赦免了十三王子的罪,还将他接进王宫里给予友善的款待。然而,就在第二天,没有了侍卫的十三王子一出门,就被一群不明身份的黑衣人围上,他的身上至少留下了八十几处刀痕。太子来晚了,他望着已经不成样子的尸体和哭成泪人的母亲,也跟着泣不成声。

"返回京城的国王 B 不再是国王,他的儿子已在他率兵讨伐的时候继承了他的王位。为此国王 B 异常愤怒,他指挥那支不足五千人的队伍进行抵抗,但很快,国王 B 的队伍就溃败了,哗变的士兵在一丛灌木丛中找到了簌簌发抖的国王 B。这是国王 B 指挥的最为短暂的一场战争,就是算上他藏在灌木丛中的时间也不过四个时辰。同时,这也是国王 B 所经历过的最为难堪的一场战争。"——这是《三个国王和各自的疆土》中的相关记述,我将它粘贴在此——是的,返回京城的国王 B 不再是国王,他的太子继承了王位。仁慈的新国王并没像自己父亲曾做的那样,而是将国王 B 留了下来,奉为太上王,并辟出一处新院落给他居住。"在国王 B 的晚年,他总是叫身边的老太监去松林和草丛间搜捕各种虫子,最让他喜欢的是一种笨拙的、有着黑色外壳的甲虫。国王 B 在花园里找了一块空地,让老太监把这些虫子一一放在地上,他用一根木棍或竹签什么的把甲虫翻过来,让它们笨拙地挣扎,缓慢地翻身,国王 B 再用木棍将它们一一翻过去。对于那些不听话或过于敏捷的虫子,国王 B 所要做的就是,啪,用木棍或别的什么插入它们的身体。"

在晚年,国王 B 的空闲越来越多,他突然想起了国王 H。在征得同意之后,国王 H 偶尔会到国王 B 的院子里做客。国王 B 兴致勃勃地从木匣中倒出虫子,让它们给国王 H 表演——"这些年,你是怎么过的?你就,没学点什么?"国王 H 说自己太不成器,什么都学不来,他跟自己的王妃学过一段时间的弹琴、厨艺,都是半途而废,后来他又学过用树根雕各种鸟、龟或者别的动物,但他雕出来的树根还是树根,没有人会联想到是鸟、龟,或者鱼。他早早就放弃了。"那你就是待着?""是啊,就是待着。"他觉得自己什么也不想,挺好的。

某个黄昏,枯坐了一个下午的国王 B 实在百无聊赖,他让自己的老太监将国王 H 请过来。"我告诉你听,我可曾是一个拥有几乎无限疆土的国王,我愤怒的时候就连宫门前的石狮也不敢和我对视。你看看,我的国土有多大。"他叫老太监去屋里将地图拿来——"我们在这。你看这里,这是我的,这里也是我的,这些都是。我都不知道自己的军队打到哪里去了,这个地图根本放不下它们。哦,这里,曾是你的地儿,你是在这里住吧,你看那条江……"

国王 H 没有和国王 B 一起看地图,而是直直地盯着夕阳中一棵高大的松树。他的喉咙里,突然发出一阵阵莫名其妙的怪声,像是青蛙叫又像是鸟鸣。

国王 I 和他的疆土

　　国王 I 在 31 岁的时候还不是国王,而只是一个寄居于国王 B 的京城内的质子,是国王 G 用以与国王 B"修好"的证明。在 31 岁之前,国王 I 还不是国王,他的所谓的疆土不过是国王 B 京城里的一处宅院,十二间房子和一座面积不大的花园,只有在那片区域他才被允许按自己的意志行事。国王 I 在自己的花园里饲养着一些奇奇怪怪的"野兽",譬如老虎、豹子,来自遥远的波斯的大型猎犬,来自更为遥远的埃及的鬣狗,好斗的岩羊……不只如此,他还让自己的仆人在空余的土地上种植来自加利利和犹地亚的小麦和大麦——它们刚刚长出不久就会遭到国王饲养的野兽的践踏,但国王 I 还会继续播种,偶尔也会在某个角落收获一两株硕果仅存的大麦或小麦。好在国王 I 并不在意收获,他的仆人也从未因为麦苗或别的什么作物遭到践踏而受到惩罚。

《搜竿闲记》中说,国王 I 还没有成为国王的那些年,作为人质寄居于国王 B 的京城的那些年,他的后花园里"腥臭无比",而且不时传来让人战栗的咆哮。那股野兽的气息也沾染在国王 I 的衣服上甚至身体里,前来拜访他的官员、书生和商人必须克服自己对气味的敏感,他们必须忍受……《搜竿闲记》中说,国王 I 在成为国王之前有一个习惯,他习惯凑近来访者的身体,甚至用拍拍打打以表示亲密,这样,他所携带的气息自然就扑鼻面而来。这气息令人作呕。

因为饲养那些奇怪的野兽,国王 I 自然而然和来自 Z 国的驯兽者熟悉起来,而某些珍异的野兽也是由他们带到国王 B 的领土上然后售卖给国王 I 的。这些 Z 国驯兽者是"太阳教"的信徒,因此他们驯兽的过程也夹杂了不少"太阳教"的仪式,譬如在每日驯兽之前会朝着太阳的方向跪拜,并用一根柏木枝从蓝色的花瓶中蘸水,让水滴到自己的鼻尖上;譬如每驯一头新兽,他们会反复清洗一只小山羊,并用香柏木和一种叫牛膝草的植物所烧成的灰涂在羊头上，以它为献祭；譬如他们会在夜晚的时候点一支蜡烛、火把或者别的什么照明物，即使熟睡的时候也是如此，假若没有任何可用于取火的、点亮的物品，他们就会拿出用柏木雕成的花环挂在自己的头顶上方，以示"太阳永在，太阳的光永远照耀，它祛除黑暗、祛除恐惧，百兽只能臣服而不敢伤害"。国王 I 先是对这些仪式好奇，跟着驯兽者们模仿这些仪式，后来则向他们咨询教义，再后来，他成了"太阳教"的信徒。从某种意义上来讲，这是国王 I 后来成为国王的重要伏笔，也许在他接受"太阳教"的接纳仪式的时候并未意识到它将带来的影响。事实上，国王 I 一向对仪式有种独特的好奇心，在他成为国王之后，这种好奇越发明显，变本加厉。

国王 I 29 岁那年，他的父亲国王 G 驾崩，同一年，国王 B 也因为远征被自己的儿子篡夺了王位，经历过一场小型的战斗之后国王 B 成了俘虏……历史对它的记载异常平淡，但对于身处其中的国王 I 来说则是风起云涌，有着无比激荡的颠簸感。经历一系列的波折，国王 I 终于得以回到自己的国土，但那时所谓自己的国土并不属于他，而是他的哥哥国王 K 的。国王 G 死去不久，国王 K 即取得了王位,并且接管了整个王国。

　　到达京都的时候国王 I 是孤身一人,他的仆人和他所饲养的那些野兽被留在了远方的城镇,据说国王 K 不允许野兽出现在他的京都,他认为它们会扰乱百姓的心智,唤起他们不应有的好奇。孤身一人的旅程让国王 I 受尽了折磨,更让他感觉到折磨的是无边无沿的恐惧,在路上,他不知道这恐惧最终是真实还是幻觉。让他支撑着一直走到京都的是他揣在怀里的柏木花环,不可否认,他的确从对太阳神的祈祷中获取了力量。

　　当时国王 K 的疆土与国王 G 的疆土完全重叠,虽远不及后来国王 I 的疆土,但这已经足够旷远。国王 I 在孤身一人之后还用了整整两个月的时间才到达京都。他是从夏天走过来的,而到达偏北的京都的时候已经秋末。一身单衣、脚上的鞋已经磨破的国王 I 就像一个让人侧目、唯恐躲闪不及的乞丐——的确如此,那些见到国王 I 的民众纷纷掩住鼻孔躲避,只有两个巡城的士兵用长矛拦住了他。国王 I 从怀中掏出自己的印信,不经意间,同时掏出的还有一路伴随他走来的柏木花环。

　　据《太平阁简记》记载,国王 K 对国王 I 的到达很是惊讶,但他马上用最高的礼节接待了自己的这位同父异母的兄弟,将他请到了王宫里。他们交谈甚欢。国王 K 邀请国王 I 游览了整个王宫——他知道自己的弟弟是第一次进入这座宫殿,而之前,弟弟所住的是另一处,它远不及此处的王宫豪华气派。在后院,国王 K 还邀请国王 I 参观了他新建的一个游泳池,并让两名侍卫和两名宫女一起伺候,请国王 I 在他的泳池里游了七个来回。《均未闲语》一书中还谈道,游完泳后,国王 K 的午餐时间已到,为了让自己的弟弟跟着自己一起在最佳时机享用美食,国王 K 还拉着赤裸着上身的国王 I 一起坐到了宴席上。不过《稗史搜异》的描述则全然不同。国王 K 的确带领国王 I 参观了王宫,一路上他不断地皱眉:"这,这是什么气味?难道,你在 B 国的领土上只能和野兽们睡在一起吗?"随后,国王 K 命令国王 I:"你去我新建的游泳池中洗一洗吧。我还没想好它叫什么名字呢。我让侍卫们在水里多投一些香料和花瓣。"《稗史搜异》暗示,国王 K 那时已动了杀机,他的两个侍卫其实怀有不可告人的任务,然而他们并没能完成好——他们意想不到国王 I 有如此高超的水性,他竟然几次挣脱侍卫的纠缠飞快地游到岸边,直到传膳的太监不经意地救下了他。之所以叫他赤裸着上身去参加宴会,《稗史搜异》认为国王K是出于羞辱的恶意:一是表明自己的这个弟弟是个野蛮人,他竟然不顾宫廷礼仪;二是国王K在宴会中不止一次地凑到自己弟弟的面前:"嗯,这样怪味小多了。唉,我这个弟弟啊,真是在B国受苦了,B国人真是……他只能和野兽们睡在一起,久而久之……"

作为相对可信些的野史,《稗史搜异》还记录了几次国王K对国王I的谋杀,而一次次,有着敏捷身手的国王I都侥幸躲避了过去;但《均未闲语》则认定《稗史搜异》的记述完全是无稽之谈,国王K对自己万里迢迢归来的这个弟弟一直礼遇有加,他从未有过谋害之心,倒是这个和野兽睡在一起、笃信"太阳教"的弟弟心里装着魔鬼,无时无刻不恶念丛生……这种宫廷纷扰历来并不鲜见,很难明确判断谁是谁非,但国王I留居京都一年未被国王K以种种借口杀死,相反,他活了下来直到长成国王K的肉中之刺。

《稗史搜异》谈到国王K做了太多荒谬的、趾高气扬的、疯狂的事儿,以致饥殍遍地,民不聊生,对他不满的某个将军在自己的父亲、妻儿被杀后不久公然造反,国王K不得不专注于对叛军的镇压而忽略了国王I。这,为他逃

202

出国王K的京都之后成为另一支叛军的首领提供了可能。《均未闲语》并不否认国王K的荒谬暴虐，但它说，相对国王I而言，他的所做完全是小巫之举，而国王I所做的更是狂暴无情，人神共愤……在后面的《均未公曰》中"均未公"感慨道，人们见到国王K做了些荒谬、疯狂的事儿，感觉无法接受，而后来的国王I则更为荒谬、疯狂而且暴虐，"繁刑严诛，吏治刻深，赏罚不当，赋敛无度"，还逼迫民众放弃原有的"播火教"传统信仰转向所谓"太阳教"信仰，可那时人们除了接受再无别的办法了。这时，他们或许觉得相较而言国王K还可以接受，但已经不可能再有选择的余地了。

国王I的逃离之路充满着惊险，在他的王朝土崩瓦解、从地图上消失之后，一群戏剧人甚至还为国王I的逃亡之旅编出了戏剧：《离京都》《过梁桥》《杨云杀妻》以及《生死斩》。在这些戏剧当中，国王I作为惊弓之鸟，完全是一个人上路，而事实上却非如此：国王I得到了来自Z国的商人、旅行者、驯兽师和密探的暗中协助，只是国王I在战胜国王K得到了王国的全部疆土之后对此讳莫如深，他下令所有谈及此事的文字、书籍和记载必须统统消除，而一旦发现谁还在谈论，立即处死。

国王 K 与国王 I 之间惨烈的战争打了不到一年,而国王 I 与叛乱将军的战争则有四年之久。战争造成的后果就像历来的战争后果一样,或许更为惨烈一些——某些原本富庶、有众多人口的平原变得"千里无鸡鸣",只剩下一片片有着战火痕迹的断壁残垣,多年之后空气中还飘散着或浓或淡的血腥味儿,即使耕种和建造早已开始,那股气味儿还是无法消除。在英国人菲拉德尔福斯所著的《世界战争简史》中曾谈到国王 I 的胜利,他认为国王 I 的战胜并不在于他的军队有多庞大、战术有多高明,装备有多精良,在这些点上与国王 K 的军队比较他都处于劣势,给他带来胜利的一是"太阳教"中充溢着的牺牲精神,而国王 I 还创造性地加入了诸多的内容让它更为血腥和残暴,也更有吸引力。二是国王 I 借鉴 Z 国在中亚崛起的经验建立了一套严密的军事体系,主要的做法是:全民皆兵,每占领一处即将全体民众纳入他的军队,男营与女营,除了七岁以下的孩子、六十岁以上的老人,没有一个人可以排除在外;每占领一处,所占领地区的房屋、粮食以及其他资产统一收归犒赏处,由犒赏处按各人的军功进行赏赐,新编入军营的男女将"一无所有",他们只得在之后的战争中去勇猛争取,菲拉德尔福斯谈道,可不能轻视它的作用和影响。第三点,则是对怯懦者、退缩者、悲悯敌人者的严酷惩罚——国王I在自己的军队中建立了一支更为铁血冷酷的督战队,用他们来对付在战场上表现不佳的士兵,有怯懦行为的士兵,甚至是战斗英勇但"同情"了敌人的士兵,他们往往被背后的利刃刺死,战斗结束后他们的尸体还会被翻拣出来悬挂在树上,所有士兵要捡起石块朝尸体投掷,直到将尸体砸得血肉模糊无法再悬挂为止。第四点,连坐制度。在某支部队中怯懦的士兵、退缩的士兵达到一定数量,它的统领者将被处死,所获得的犒赏也一并充公由犒赏处再行赏赐……菲拉德尔福斯将其命名为"斯巴达克斯式"与"鞑靼式"的结合体,"它对于建立一支残暴的、勇猛的铁血部队很是有效,这样的部队,就像是一群在火焰中依然奔冲直前的白蚁"。同样是谈论这两个兄弟之间的战争,《右传》则侧重谈到了国王I的两次"借兵"———一次是在战争的最初,他借来了Z国军队,而Z国的这支军队一直是战争的主力之一,若非他们的帮助,国王I的战胜和夺取疆土则很可能是泡影而已;第二次借兵是向B国,国王I向B国继位的新国王借来了八万人马,同时迎娶了这位国王的姐姐,后来她成为国王 I 的王后。在诸多混乱的、有分歧的历史记载中,一说这位王后是新寡在家,寂寞无事时去王宫里找自己的弟弟聊天,结果遇到了前来向弟弟借兵的国王 I,于是一见钟情;一说国王 I 为了借兵顺利,打听到 B 国新王的姐姐刚刚死去了丈夫,便先对她展开攻势,这场婚姻背后有着熟虑和预谋;另一说则是,国王 I 在作为质子寄居于 B 国的时候就与这位后来的王后有过密切的交往,她之所以那么早嫁人就是因为国王 B 听说了二人的交往而做出的决定,国王 B 很不看好这个整天和野兽打交道的质子,而这后来的王后却迷恋他身上的那股气息……

在 31 岁那年,国王 I 取得了基本胜利,尽管随后零星的、时大时小的战争还需要持续几个春秋,它还会进一步加重 I 国的负担、带来更多的荒芜,但对国王 I 来说根本不值一提。在他 31 岁那年,他重新回到曾经属于国王 K 的京都,但这次,这京都、这王宫和这里的草木、财富、女人、空气、阳光都已经属于他。在国王 I 的军队攻打到京都的时候国王 K 已经组织不起像样的抵抗,那些口口声声愿与京都共存亡的将士、官员们在采取了一系列虚张声势的举措之后纷纷逃亡,国王 K 饮下毒酒的那天正午,他的王宫里仅剩下少数的几个人，他们哭哭啼啼的样子实在令国王K心烦。尽管未曾遇到强烈的抵抗，但国王I还是命令他的军士进行了清洗式屠杀，多年之后他在衰老之际向自己的一个妃子谈道，自己之所以如此，是因为"他们有眼无珠。在我刚刚从B国归来的时候，他们看到我就像看到一条瘸了腿的丧家之狗。这是他们必须付出的代价"。

国王I成为国王。不久，他的大儿子出生，在孩子百日的时候国王I召集大臣和他的七个王妃一同庆祝，酒宴中国王I特意在歌舞之后安排了一个出人意料的节目：七十个曾反对过他、被他投入监狱之中的国王K的旧部、书生和商人，一一被绑于午门外的柱子上，然后由刽子手一一割开他们的喉咙。也就是在那一天，国王I下令处死国王K的王后，并要求刽子手将她的皮完整地剥下来，糊在一面镶嵌了琥珀的墙上。"我看你，还能嘲笑我不？还能害我不？"

七十个囚犯的血被引入国王K的游泳池，已经完全地拥有了这座泳池的国王I下令，在泳池的上面建造一座由石块、磨损的刀剑和护城河河沿上的泥土组成的假山，上面种上由犹地亚锡安运送过来的一种黑桑。奇怪的是，种在王宫其他地方的黑桑所结的桑葚都是甜的,唯独在这座假山上结出的桑葚又苦又涩,不过颗粒饱满得诱人。在国王 I 痛苦不堪的晚年他下令毁掉这座假山和上面的全部植物,在原址上建起了一座太阳神庙。也就是在那座神庙里,他下令王宫的侍卫割下了自己大儿子的头——当然,这是后话。

在国王 I 成为国王之后战争依然没有结束,我说的"没有结束"不只是说他对叛军将领的清剿没有结束,而是他在清剿完成之后立即发动了新的战争,针对国王 L——理由是,在他与自己的哥哥即国王 K 的战争中,国王 L 曾做出过偏袒,暗暗对国王 K 进行过资助。国王 I 的部队所向披靡,一是借助他所建立的那套军事体系;二是国王 L 和他的军队完全没有防备,他们即使在梦里也没有得到国王 I 会在自己立足未稳的时候就骤然发动进攻的警示。仅用了三个月的时间,国王 I 的军队就将国王 L 和他仅剩的军队、侍卫和家眷赶到了一条山谷的岩洞中。那同样是一场经典而残酷的战役,国王 I 两任负责前线指挥的将军因为久攻不下而先后被处死,第三任指挥官下令,将他的士兵们装在大木箱里从山顶上用绳索放下去,放至山谷……这当然不是一个好主意，但最终在损失了数千名士兵之后奏效，国王 I 的士兵杀光了藏在洞中的所有有呼吸的活物并割下了国王 L 的头——要知道，逃匿到山谷里的国王 L 的人马算上老人和孩子也不过三百多人。两年后，国王 I 又发动了与 U 国的战斗，并迫使国王 U 割让了三个州的疆土，支付了国王 I 在战争中的费用。与 B 国的战争事出偶然，由士兵们的摩擦造成，一向心高气傲的国王 I 派出了自己最为精锐的部队然而却在进入 B 国后不久吃了败仗，他们在一座城下损失惨重却无法再前进一步。来自 B 国的王后进行调停，她说服国王 I 下令部队撤回，并在两国的边境处与王后的哥哥也就是 B 国的国王见了面，签订了永不再进犯的和约。

作为历史上有名的凶残、暴虐、荒谬的国王，《稗史搜异》谈到国王 I 始终深爱着自己的王后，尽管她对国王 I 有着许多次的不忠并时有歇斯底里症的发作。王后死后，国王 I 悲痛欲绝，他几天几夜都守在王后的尸体边，拉着她的手不肯放开。他的一位大臣后来发现了秘密，在国王 I 不注意的时候，他把王后口里含着的珍珠抠出来，悄悄放进了自己的嘴里——国王 I 立刻下令将王后的尸体运出王宫,但他又开始了对这位大臣的"迷恋"。没办法,这位大臣只好把珍珠丢进了湖中。而国王I,因此爱上了湖水。他总是坐在湖边,面对波光粼粼的水面长时间发呆,偶尔会泪流满面。这是一个剽窃来的故事,但国王I对王后的爱却是真的,在整个王宫里,那么多的王妃、美人或年轻的美男子都无法动摇半分。但王后有她的任性。在国王I的军队与B国军队交战时,王后搬出了王宫以向国王I表明态度。在行宫里她的第三个孩子降生,不过这个可怜的女孩只活了七天就染上了风寒,在她死后国王I下令处死了所有围绕在王后身边的人,包括十几个宫女和六名侍卫,还有两个将军、一位大学士。国王I让人传话,要求王后搬回王宫,但王后有她的任性,不得已,国王I只得自己去请,并为王后准备了酒宴,而他进入王后的房间时迎接他的却是大大小小十二口棺材,以及一杯酒。王后告诉他,这是杯毒酒,两个人中必须有一个人将它饮下,"是你喝还是我喝?"国王I犹豫了一下,但随后端起杯子一饮而尽。王后说得没错,它的确是杯毒酒,但却并非致命。饮下毒酒的国王I根本不能在酒宴上多坐一会儿,他不得不频繁往返于宴席和厕所之间,而王后则在宴会中与其他王妃、宫女和侍卫谈笑风生,对国王Ⅰ的窘态视而不见。

当然,更多的时候,国王Ⅰ与王后之间的关系足够亲密。《稗史搜异》断定这位有着高额头和尖下巴的王后掌握着某种巫术,甚至断定,她把这套让人心醉神迷的巫术炼成了一枚珍珠,于是有了上面的故事。在王后死后,国王Ⅰ的悲痛是真切的,他时常从丧失的噩梦中醒来,一遍遍呼喊王后的名字,甚至有段时间出现了幻觉:王后脸带忧伤,带着一身的水雾,出现在某个他偶尔注意到的角落,而当他走过去试图抓住王后的手的时候,王后便突然地消失,没有半点儿痕迹。国王Ⅰ以为王后的亡灵不肯离去一定有她的原因,于是他按照"太阳教"教典中提供的方法,在王宫的地上涂洒混合了竹叶青蛇的血的橄榄油,并在墙角的位置悬挂贴了符咒的铁丝织成的网——这一切当然无济于事。王后的身影还是会突然地出现又突然地消失,她没有在涂了油脂的地板上留下脚印也没有被铁丝的网捕捉到。

后来——在王后死去的第二年,国王Ⅰ 45 岁——他突然患上了一种奇怪的、让所有医生束手无策的病:身上生满了疔疮。国王Ⅰ认为这是太阳神对自己的惩罚,因为王后是他的国度里唯一获得特权被允许不信教的人。国王 I 专门从 Z 国请来"太阳教"的三位主祭为王后的亡灵进行超度,以便她"能够得到太阳神的体恤与怜悯,让她的灵魂安息"。三位主祭分别念诵了《太阳本经》《太阳游夜经》和《光明纤华万物得安经》,在主祭们诵经的九天里,国王 I 也严格按照"太阳教"的教义规范生活,不过他戒除了酒宴却没有戒除酒。后来,主祭们、医生们和巫师们把国王 I 身上的疗疮总不见好转归咎于酒,但国王 I 并不以为然。

太阳是万物之神,万物的生与死均在它的掌控之中,敬它者将会获得它的惠泽,而不敬它的人则会遭受永坠黑暗之穴的惩罚;所有能见光的人都要向它进行献祭,而不能见光的盲人则是被太阳之神遗弃的"罪恶之果",他们是从黑暗之穴偶尔走出来的人,之所以他们能走出,是因为太阳之神要以他们之身昭示黑暗之穴的存在——是故,所有不能见到光的无论是先天失明还是后天失明,都是邪恶之体,需要将他们一一推入井中;而那些能见光、却不肯向太阳之神献祭的"执迷者"则属于"罪恶之树",能在劝导之下学会对太阳之神感恩的会有大的善报,而始终不肯的"执迷者"则是敌人——这时候该谈谈国王 I 和"太阳教"

的关系了。因为国王 I 的存在,他的疆域变成了一个以"太阳教"为唯一信仰的国度,它深刻地影响了这片广袤的土地数百年,甚至至今还留有它的某些影子。在诸多的史书中,国王 I 被描述成一个虔诚的、呆板的太阳教徒,他耗用诸多的人力、财力建造太阳神庙,用重压的、杀戮的方式推行"太阳教"教法,不惜毁坏这片土地上的一切旧文、旧物和旧庙以清除可能的、非太阳教的影响……不过据那些和国王 I 关系更亲近的人士透露,国王 I 或许并不是一个合格的"太阳教"教徒。譬如他随意地修改教义,在"太阳教"的教义上增添了十余处属于恐吓的内容,而删除了部分他所不喜欢的;譬如他并没有严格按照教规的要求束缚自己,他所做的多是命令记录官删改那些关于他突破教规的记录;再譬如,他将自己的三个儿子先后送到 Z 国学习,但当他发现一个儿子过于虔诚,而另外的两个儿子则迷恋上 Z 国的竞技、剧院和女孩之后,立即用非常规的方式把他们接回 I 国,改派自己信任的教师教授他们,其内容包括政治、历史、文学和数学,却绝少"太阳教"的内容……事实上在"太阳教"成为广袤土地上唯一信仰、数以百万计的信徒为它先后赴死的数百年里,王廷从来不是教规的模范遵守者,从来不是。

"太阳教"是由 Z 国的驯兽者们传入 I 国的,它之所以在 I 国得到承认并成为唯一信仰,完全得益于国王 I 的强制推行,而国王 I 也是这片疆土中"太阳教"最早的信徒之一,而他的战胜(至少就早期而言)部分地依赖于 Z 国的辅助,Z 国派出的那支部队一直是国王 I 最为精锐的部队之一,几乎是所向披靡……史书上记载 Z 国也收获颇丰,作为回报,产于 I 国的马匹、粮食和木材等物资被源源不断地送往 Z 国,而几次 Z 国参与的战争国王 I 也同样派出了部队,它要承担的当然是急难险重的任务。没有任何一个婚姻会始终处在蜜月期,对国家而言也是如此……多年之后,Z 国的国王死于一场局部的、有限的政变,发动政变的是他的一个儿子。他在得到王位之后不久即向国王 I 提出要求,他要求国王 I 将七年之前所获得的 U 国的三个州出让给他,理由粗暴而荒谬:新任的 Z 国国王喜欢那里的桃子。渐渐羽翼丰满的国王 I 用极为礼貌的方式回绝了他的要求,但不久国王 I 便见识了新国王的蛮横与力量——国王 I 意识到,自己的军队难以与之抗衡。经过各种斡旋,Z 国新王依旧不依不饶,他要求国王 I 亲自到 Z 国解释,包括要解释他为何在未曾与 Z 国进行沟通的前提下召回自己的儿子。国王 I 当然知道这条道路凶险万分,怕是有去难回,然而如果不去,震怒的 Z 国新王很有可能……他在反复掂量之后决定托病不去,改由自己最为重要的大臣、将军前往。那个时候国王 I 的王后还活着,她得到消息,立即赶到国王 I 的面前,不能,你不能让别人去。只有你去才行。如果你怕,我可以和你一起前往。最终国王 I 采纳了王后的建议,不过陪同他前去 Z 国的是一位将军而并非王后。没错儿,Z 国的新国王杀心已起,他做好了足够的准备让国王 I 有去无回——但两人秘密会见之后,故事的发展出现了惊人的逆转,Z 国新任的国王不仅放弃了他全部的谋杀计划,而且在接下来的数日里与国王 I 一起出席种种活动,形影不离。《稗史搜异》猜度,之所以会出现这样让人讶异的逆转,很可能是王后将她的巫术以某种方式授予了国王 I,它颇有效果。

45 岁的国王 I 患上了一种奇怪的、让所有医生束手无策的病,他不得不做出种种尝试:让自己晒在阳光下,或者泡在散发着怪味儿的药酒里。但这没有什么效果,他依然奇痒无比,那些被抓破的疗疮开始溃烂。他尝试让自己休息,希望南方的温暖或许能缓解自己的病痛,然而就在他把京都和国家事务暂时交给三位信任的大臣而自己准备起程的前天晚上,收到来自宗人府某个秘密部门的密报:他派往 Z 国学习过的一个儿子在母亲和舅舅的帮助下联络了军队的指挥官,他们建立了更为亲密、休戚与共的关系,而这些中级或下级的指挥官准备在国王 I 南下的路上进行劫杀。密报显示,他的十四个儿子和七个女儿中,至少有三个儿子和一个女儿参与了这一计划。国王 I 想了想,将密报丢进了火焰。他告诉传递密报的侍卫,不要理会这种无中生有,一切都按照原计划进行,他,明天一早就出发。

儿子们、大臣们和王妃们看着国王 I 将自己溃烂着的身躯塞进了轿子。他挥动手臂,车队缓缓前行,但马蹄还是翻腾起了不小的尘土。临近正午的时候负责京中事务的大臣接到快报,国王的卫队遭到袭击,损失状况正在统计中,国王 I 下落不明……三位大臣立即派出人马,他们也不得不商议"假如真有万一"的相应对策,但就在他们争执不下的时候国王 I 出现在门口,他并没有跟随卫队出发,而是经过迂回早早地返回王宫,藏身于秘道里,而这条只有他一人知晓的秘道,会一直通到议事厅的屏风后面。

血雨腥风。即使国王 I 正在溃烂,他的身体散发着难闻的古怪气息,他还是闻到了血雨腥风的味道。先后有数百人被处死,这里面也包括国王 I 的儿子和女儿,以及三位王妃。血雨与腥风,躺在床榻上呻吟的国王 I 熟悉它们,熟悉那股和他体内的血相呼应的味道,他把这些发生归为不可避免的命运。它不是开始也不会是结束,它远比意料的绵长。在杀死自己儿子和女儿的那个晚上,国王 I 做了一个奇怪的梦,他大声呼喊着从梦里醒来,但拒绝向任何人透露梦中的内容。这个梦,一直以秘密的样子出现并最终被国王 I 带入死亡。

在处死了自己的几个儿子之后,国王 I 下令在他的疆土上建造更多的、更为宏伟的太阳神庙,同时实行更为严苛的太阳神律法:所有的渎神、不敬之人都会被拉至神庙前的广场上处死;而见到渎神的、不敬神的行为不予以制止和报告的,则会一起受到惩罚,甚至会牵连到自己的家人。国王 I 亲自监督王宫后院神庙的规划和建筑,他叫人抬着,一边指挥工人建筑一边叫人为他的溃烂之处涂抹"圣油"。可是,在接下来的数年时间里,国王 I 的病症一直

217

没有好转。"太阳神啊,我已经如此向你奉献……几乎倾尽了我的所有,你为什么还要这样惩罚我啊?"不止一次,他的大臣包括在他面前来来回回的建造者,听见自己的国王挣扎着、对着太阳的方向如此呼喊。

是时候了。国王I不得不考虑继承人的问题,而在此之前他一直拒绝,即使他身上的溃烂时好时坏,某个疗疮的疤刚刚掉下另外的疗疮又出现在另一块皮肤上。这时,他想起自己的大儿子——这个有些口吃,性格懦弱、一见到国王I就紧张得脸色绯红的王子素来不讨国王I的喜欢,但毕竟,他是国王I与王后尚留在世上的唯一的男孩了。

国王I的身体越来越差,他感觉自己的肚子里面也有了疗疮,接着,他的双脚、双手和腹部都在肿胀,每一个疗疮的里面都有一团小小的火焰。这些四散的小火焰们让他感觉到痒,而每个被抓破的地方,火焰都以透明的液体的方式显现出火苗,他的仆从便用纸去擦拭,然后涂上由硫黄、蛇血、捣碎的蒲公英花、豆油搅拌而成的"圣油"。他命令大臣们找到各地的"太阳教"僧侣,在王宫已经建好的神庙大殿里唱诵《太阳本经》,昼夜不停。某些日子,国王I

在他精力充沛的时候把他信任的僧侣请来，与他讨论生死的问题，以及死后的生活。对于自己的身体国王 I 显得不厌其烦，但对于死后的生活则明显更为恐惧。他希望获得僧侣们的帮助。国王 I 的身体越来越差，某日下午，他在仆从们为他涂抹"圣油"的过程中昏睡过去，一直睡到了第二日下午。一醒来，他就得到了自己的大儿子——未来王国的继承人在他昏迷的时候意图谋反、试图尽早接管他的王国的密报。

他叫自己的大儿子到神庙里来。毫无防备的儿子来了，一见到他，这个已经 24 岁的大个子还是脸色绯红，紧张得结结巴巴——这，更加重了国王 I 的怀疑。被疼痛、溃烂和烦躁所笼罩的国王 I 完全地丧失了理智，他摆手，命令埋伏在神庙里的侍卫冲过去，没等这个结结巴巴的儿子将他想说的话全部说完，便割断了他的脖子。就在儿子的尸体倒下去的瞬间，国王 I 已经后悔，但他的制止已经晚了，无法再让儿子的头重新回到脖腔上。

他拷问报信的人，拷问宗人府的大小官员，拷问了解此事的王妃——史书上说，国王 I 对这个儿子的击杀的确是个错误，那封写有"当我们要完成我们想做的事情时，我们会去找你"的信完全是伪造的,不过印章是真的,它由国王 I 的一名野心勃勃的王妃和国王 I 大儿子的宫女共同窃取,加盖在事先伪造好的信纸上,然后又将它放回原处。毒酒也是真的,事情败露之后那名野心勃勃的王妃把这杯毒酒分成两份,和自己年幼的儿子分别饮下——"我恨你,恨你在这个国家里的所作所为",这是那名王妃留给国王 I 的,躺在床榻上的国王 I 听出了咬牙切齿的意味。他又一次陷入昏迷,根本无须他命令,另一场早早就渗进了王宫的血雨腥风就像看不见的病菌,但具有很强的传染性。

国王 I 最终死在了尚未完工的神庙里,正因这一点,诸多的史书将他描述成一个无比虔诚、最终在太阳神的慰藉中得到部分安宁的信教者——但事实是,临终前的国王 I 已经崩溃。他咒骂太阳神的惩罚,咒骂自己悲凉而溃烂着的命运,在咒骂中,他耗尽了全部的力气。

国王 J 和他的疆土

　　大臣们告诉他说,由一些直着腿走路、煮着吃牛肉甚至都不能把上面的毛剃净、只会发出一些咕噜咕噜怪声的人统治的 Z 国仿若一颗小小的弹丸,而且一直处在摇晃之中——因此,他更加不能容忍 Z 国使者在大殿上的傲慢。当着所有大臣的面,这个面色苍白而细瘦的使者竟然敢指责他:"尊敬的国王,从您的话中可以看出您对我们了解甚少,而且充满了偏见和误解。我们国王要求的是……""你们国王要求?他有什么资格要求我?我不同意他的要求,甚至,我都不想听他的要求!"

　　若不是大臣们苦苦阻拦,朝他使各种眼色,以国王 J 的脾气很可能不等这位使者把话说完就将他赶出宫殿,甚至直接差人将他架到绞刑台上去。"你们屡次犯我边境,杀我边民，掠我财物，奸我民妇，我几次派人找你们交涉竟然一直不知收敛反而一次次得寸进尺……还要向我提什么要求！还指责我对你们有偏见！我不会答应你的任何要求，绝对不会！告诉你们直着腿走路的国王，让他死了心吧！"

离开议事的大殿，国王 J 依然愤恨不已，他觉得那个苍白而细瘦的 Z 国使者简直就像一只嗡嗡叫着的苍蝇，另外两个随从也好不到哪里去，虽然他们两个不飞也不叫。"告诉 Z 国的使者，他们不受欢迎，限他两日内离开我的京城，快快滚回他的弹丸中去。"就在跟随的大臣转身的时候国王 J 又叫住了他："这几天，你也给我严查来自 Z 国的商人、工匠和艺人们，要么找个理由将他们关押起来，要么驱逐出去，你们不是说，在我的京城里有三百多 Z 国的人了吗？我希望半个月后，我的京城里一个来自 Z 国的人也没有。谁知道他们是干什么的！"

大臣们告诉他说，由一些直着腿走路、煮着吃牛肉甚至都不能把上面的毛剃净、只会发出一些咕噜咕噜怪声的人统治的 Z 国仿若一颗小小的弹丸，而且一直处在摇晃之中;大臣们告诉他说,Z国的骑兵倒是骁勇,他们的弯刀也较为锋利,不过这个建立在弹丸之上、还处在蛮荒之中的小国可用的骑兵太少了,它无法与J国强大的、巨龙一样的、更为骁勇和有实力的军队相提并论。如果接受比喻,那就是一只苍蝇和一头大象的比较。何况,茹毛饮血的Z国的确一直处在摇晃之中,他们国内的王位争夺血腥且野蛮,此任的Z国国王就是指挥他的骑兵杀死自己的哥哥而夺得王位的,而此之前,他的哥哥则是用毒酒杀掉了父亲而获得王位。在更北的北方,Z国国王还有一个特别强悍的敌人也就是他同父异母的弟弟,这个弟弟不满他这个哥哥的作为,国王Z也根本无法调动他弟弟的军队,他俩相互之间时有冲突……大臣们告诉国王J,Z国一直保持着一些极为荒唐可笑而且又极为愚蠢的习俗,数百年来Z国的所有成就都是依靠蛮力获得的,这样的蛮力又极易被另外的蛮力所击毁;大臣们告诉国王J,Z国的生产能力极为低下,民不聊生,这也正是他们时常进犯J国、前来掠夺的首要原因,因为他们缺乏,因为他们没有。大臣们告诉国王J,自从英明、伟大的国王将Z国的使者赶回去并驱逐了在京城的Z国人之后,J国的各州各郡也相继效仿,这一举动自然使 Z 国国王不胜恼怒——他的骑兵和一些零散部队不断骚扰进犯,前几次 J 国的将士英勇抗敌取得了不少的、可谓是花团锦簇的胜利,遭逢挫败的 Z 国国王当然不肯接受这一结果,于是,他亲自出征,率领自己最为精锐的骑兵利用上谷后防的虚弱,竟从一个几乎无法通行的小峡谷中突袭而来……上谷郡约有七千将士战死,上都失守。

"国王 Z 带了多少骑兵?"

"回禀尊敬的、伟大的国王,他带了不足三万人,这,已经是倾 Z 国全国之力了。"

"上谷郡有多少守军?"

"回禀尊敬的、伟大的国王,上谷郡有我精锐骑兵九万八千人,弩兵七千,步兵四万。还有负责城防与治安的战士约两万。"

"那,我们以逸待劳,且有重兵,怎么防不住奔袭了一千七百余里的 Z 国部队? 你们告诉我,你们难道不感觉这是 J 国的奇耻大辱吗?"

大殿上,头戴乌纱帽,身穿方补圆领袍、皮弁服的官员和身穿比甲、铠甲等公服的官员们七嘴八舌,一一向国王 J 陈述上谷失利的理由:天时问题;地利问题;主观问题;客观问题;前方和后方的问题;路线问题;注意力问题;情报问题;精神力量的比较问题;国王亲征所带来的士气提升问题;双方顾忌不同的问题;给养问题;守与攻之间的问题……

"你们的意思是,这场失败是在所难免,而那些吃我俸禄吃得肥头大耳的将领们没有半点儿的失误和责任?"

"不,不是。"

大殿上,头戴乌纱帽,身穿方补圆领袍、皮弁服的官员和身穿比甲、铠甲等公服的官员们又一次七嘴八舌,他们由分析升级为指责,由指责升级为漫骂,由漫骂升级为……"够了!你们不要再吵啦,我的脑袋都被你们吵大啦!"血气方刚的国王J勃然大怒,"够了,你们还记得刚才说的话吗?我要听的不是这些!我要的是,必须给不知天高地厚的国王Z以迎头痛击,将来犯之敌一一碾碎!你们说,怎么办?怎么做到?!"

又一次七嘴八舌,在一些大臣嘴里,Z国的这次进犯得逞不过是一时之勇,而上都的失守也不过是一时之危,只要J国加以重视,用不了多久Z国来犯之敌就会因士气问题、给养问题、语言问题和一系列难以解决的其他问题而迅速溃败,即使 J 国不增兵上谷,情况也会如此。上谷地广人稀多是荒漠,当地百姓吃饭穿衣尚无法自足,水土不服的 Z 国三万兵马很快就会断粮断炊……不足为虑。在另一些大臣的嘴里,Z 国兵马虽不可虑,不过就是蚂蚁撼大树之举,但 J 国绝不能听之任之只让时间来击溃它,而是要在它最为得意嚣张的时候给予重拳,否则,它一定会有幻想和幻觉,以为自己能在与 J 国的对抗中得到好处。何况,西边的 A 国、南边的 X 国与 R 国、东边的 C 国也一定都在注视着国王 J 的反应,一旦让小小的、弹丸的 Z 国占了便宜,那势必会引诱其他国家虎视眈眈,也想从 J 国的领土上分一杯羹,绝不能允许这种示范存在,即使代价略略高昂一些也应在所不惜……血气方刚的国王 J 冲着面前七嘴八舌的官员们点点头:"你们说,我们应该如何做? 一切为即将开始的战争让路,我告诉你们,我大 J 国将不惜一切代价让 Z 国的三万军队有去无回,成为飘散在上谷空气中的灰烬!"

"把他们撕成碎片,比米粒还要小的碎片!"

"把他们压成齑粉,就像肉羹里的细末一样!"

"让他们的鲜血,把整条滔滔的九曲河都染成红色的

226

吧,让他们的肉,成为河水中鱼和鳖的餐食吧,我们叫人把吃肥的鱼送到京城……"

胜利仿佛指日可待,不,如果一定要使用"仿佛"这个词,更为准确的用法应当是,处在大殿黄昏的晦暗中的国王J和他的大臣们,"仿佛"已经提前看到了国王Z的哭嚎和走投无路的绝望,"仿佛"提前看到了丢盔弃甲的国王Z军队的溃败。一个粗略但并无破绽、前途明亮的作战计划很快制定完成,将有四十万大军调入上谷,除了驻守西边的大军不做调整,其余各部都调派最为出色精锐的兵马参战,沿途各府各郡的后勤保障也做了分工,吏部、兵部和工部也担起了各自的职责。

"三天后,我们三天后就会调齐全部的人马。只是,我有一个担心,"兵部的大臣面露难色,"尊敬的、伟大的国王,我担心,我们的兵马一进上谷,Z国的部队就闻风而逃……我不知道接下来该如何是好。"

大殿上一片轰然,所有人,包括国王、大臣、侍卫和宫女们仿佛都看到了这一结果,国王J的耳边响起了一片乱哄哄的嗡嗡声。刚刚还在愤怒之中的国王J脸上终于有了笑意。他感觉自己的血液也在这阵乱哄哄的嗡嗡声中有了热度，它加快了流动的速度，甚至也开始轰鸣。在血液的轰鸣声中，国王J做出决定："我在十九岁的时候成为国王，至今已经三年，没有获得一点战功。我父亲在我这个年龄的时候，已经身经百战，树立了威名。我也想像我父亲那样，他一直是我最为敬重的榜样。我决定，此次征讨国王Z，我要亲自出征。"

嗡嗡声立刻小了下去。

"尊敬的、伟大的国王……"七嘴八舌里面充满着各式各样的理由，它们涉及安全、行政、气候以及保障——"好啦好啦，我当然知道如何照顾自己，刚才你们不是说此次出兵不过是探囊取物吗？那就让我亲自去取，何况，上都，我一次也没有去过，我也想去看看。刚才你们也说他们高昂的士气和国王Z的亲自领兵有巨大的关系，那，我们的将士就不需要我吗？"

又一番苦苦阻拦，又一番七嘴八舌，但国王J还是决定了自己的行程，他决定五天后将亲自在城门口检阅自己的部队，鼓舞士气，然后率领五十万大军（因为国王J决定亲征，户部、兵部、吏部、工部经过诸多协调，又从各地抽调了十万兵马，以确保万无一失，一击必胜）开往上都。国王J

任命自己的十三弟为监国，代行职权，然后请五位德高望重的大臣细心辅佐……"我相信你们能够尽心尽力，守好我的大好河山。当然，我想你们也必然会守好我的大好河山。"

在接下来的日子里，国王J一直处在一种莫名的、试图压抑却始终难以抑制的亢奋中，他的亢奋自然也传递给周围的每一个人，王妃们、太监们、侍卫们、宫女们，包括距离他最近的大臣们，以及负责监国的十三弟。"为什么我们还不出发？不是说，今天早上我去点兵吗？""尊敬的、伟大的国王，您记错啦，是明天，明天啊。听说您要亲征，将士们可兴奋啦，本来准备在别的州郡出发的将士也要求赶到京城，接受您的检阅！这些为您和我们J国出生入死的将士，完全不顾及他们的心愿也不好不是？您可要好好看看您的将士们，那可真是生龙活虎，精神着呢！""好吧，那就明天早上！""尊敬的、伟大的国王，您看能不能把时间略略地向后移动一下，正午之后再开始？那是一个好时辰……再说，您也让我们为您准备得更充分一点儿是不是？尊敬的、伟大的国王啊，您的一举一动，都牵着臣子的心啊！此去上都可非同一般出行……""等我检阅完，还能当日出发

229

不?""尊敬的、伟大的国王,我们也想了,建议您在检阅过部队之后先修整一天,我们安排您先检阅先锋部队,这样他们在您检阅完后可先行出发,绝不会有半点儿耽误……"

"那……监国?"

"您说您那兄弟啊,回国王话,刚刚我听老臣们说,他正在熟悉大小业务,正在为您行程的安全、舒适和心情调整做着准备。我觉得等您回到京城,他也未必能熟悉其中的规程。但愿他不那么焦头烂额。"

"哦,不管他了,先让他熟悉着吧。明天正午,你们给我安排好,我要好好检阅我的虎狼之师,我要好好地给他们鼓鼓劲儿,让他们把 Z 国人的屁和尿都从肠子里面踩出来!"

第二天正午。天朗气清,万里无云,悬得很低的太阳发出牛乳一样的白光,那层白光里面仿佛包含着一层厚厚的、带有烧灼感的油脂。上午十点,等待检阅的国王 J 的部队已经集合完毕,另外的将士们也正从更远的地方遥遥地赶来,他们按计划要填充先锋部队走后空出的位置,然后跟随着国王一路前行——十一点,十二点,十二点半,国王

J理所当然地没有出现,某些因为站得太久而晕厥的士兵们被早有准备、负责此事的士兵抬到暗处,穿着同样铠甲的士兵则一路跑过来填充好刚刚空出的位置。大约一点钟,城门打开,国王J出现在经过练习的、巨大的欢呼声中,他的马走在最前面,后面则是前呼后拥的大臣、将领、侍卫和宫女,简直像一股不大不小的洪流。

国王J在每一位军官的面前勒住马:他们很好辨认,一是从服装上,二是他们始终会站在队伍的前面,所以国王J不会犯错。"告诉我,我的将领,你的名字是?""回尊敬的、伟大的国王的话,我是北城兵马指挥使曹有清。率八百骑兵,一千四百步兵,四百七十七名弓箭手。军中九年。""退回你的队列中,曹将军,现在是J国最需要你的时候!""感谢尊敬的、伟大的国王的器重!我曹有清一定奋勇杀敌,肝脑涂地万死不辞!"国王J走到另一支队伍的前面,打量着骑在马上的军官:"告诉我,我的将领,你的名字是?""回尊敬的、伟大的国王的话,平知郡都指挥佥事蒋云赫!率三千骑兵,二百步兵。军中十一年。""退回你的队列中,将军,现在是J国最需要你的时候!""感谢尊敬的、伟大的国王的器重!我蒋云赫和我的战士们一定奋勇杀敌,肝脑涂地万死不辞!""好样的,将军!"

国王 J 走到另一支队伍的前面,他打量着眼前的军官——这名黑脸的军官脸色通红,从头盔里涌出汗来。"告诉我,我的将领,你的名字是?""回回回回尊敬的、伟伟伟大的国国国王的话,我我我是……"国王 J 掩饰着自己的不悦:"将军,你紧张什么?""回回回尊尊敬的伟伟伟伟大的国王的的的话,我我我是因因因为……"费了很大的力气和口舌,这位红脸的将军才解释清楚:作为国王 J 的一名新获晋升的将军,他是第一次见到伟大的国王,因此他确实既兴奋又紧张,感觉自己的嘴里多长出了十多条舌头,可一条也不好用,都是木木的发麻的。"你不用紧张,我的将军,"国王 J 的心情又一次好了起来,他骑马过去为这位将军整理了一下头盔,并用马鞭轻轻地敲了两下这位将军的肩膀。"现在,是 J 国最需要你的时候,你一定要给我把 Z 国人的肚子撕开!""回回回回回……"国王 J 不等他说完,他的马已经驮着他朝下一支队伍走去。"你的马掉膘了。记下来,我要给你的马增拨草料!"

国王 J 的检阅一直坚持到夜幕垂降、在火把的照耀下将士们的面容也看不清楚的时候才告结束。"打败国王 Z!

咬碎 Z 国人的骨头,喝光 Z 国人的血!""打败国王 Z! 咬碎 Z 国人的骨头,喝光 Z 国人的血!""打败国王 Z! 咬碎 Z 国人的骨头,喝光 Z 国人的血!"阅兵场上将士们声嘶力竭的呼喊简直像是滚滚的雷声,这雷声甚至让国王 J 脚下的大地都在颤抖。

那一夜国王 J 始终兴奋异常,他无法入眠,他感觉自己就像是一只求偶期的鸟,急于飞到上都,仿佛那里有另一只鸟在等着他——那是他的领地,那是他的疆土。几次,国王 J 直起身子,询问身侧的妃子:"你说,我的将士们……他们现在都睡了吧?""回尊敬的、伟大的国王的话,他们应当早早就睡了,天一亮他们就要赶路,您也听兵部说了,即使马不停蹄也需要两天的时间才能……"

"我多想现在就把他们叫起来,马上赶往上都。上都的百姓可是在盼着呢! 我的大军晚到一个时辰,他们就会在血和火中多煎熬一个时辰。这些可恨的 Z 国无赖! 我一定要让他们血债血偿,要加倍地还给我!"

"尊敬的、伟大的国王,消灭那些弹丸之地的狂妄之徒不过举手之劳,我们知道您是一位爱民如子、时刻以天下苍生为念的伟大国王,您不顾自己的安危和劳顿亲征上

233

都,您的子民和将士们哪一个不心存感激与爱戴……不过尊敬的、伟大的国王,您还是早早地安睡吧,毕竟明天一早就要出征,毕竟,J国的子民……"

"不要说了。我睡不着,你不知道,我的胸口似乎有一团灼热的火焰,我没有熄灭它的办法,再说,我也不希望它熄灭。"

《搜神说》与《右传》中均较为详细地记述了国王J的"豪华出行",二者小有矛盾之处。在我看来,《搜神说》中关于国王J在征讨中的饮食起居的描述是不可信的,它等于是搬来了"半个王宫",完全不符合上战场的必然要求,至于在部队行军的过程中还派出一支专门的部队为国王寻找一种叫"葛雉"的鸟作为国王J烹饪的食材的说法则更是想象之物,后来的史学家曾撰文证实,"葛雉"是一种已经灭绝的、生活于南方的鸟儿,尽管在国王J的统治时代北方也相对较暖一些,但从京都到上都,在考古研究中没有发现"葛雉"的骸骨或羽毛,说明它们从未出现于这一区域。而《右传》中关于"军中禁有女眷,程王妃化装成医生暗暗随侍于国王J身侧,直至国王J在战争中被缚押解至Z

234

国的途中竟无一人发现其为女儿身"的记载也颇让人存疑,作为官方的历史文本,《明书》《研石铭存忆》《二十七史》均曾记载过,国王J被缚的时候,有数名随军的王妃与宫女也一并被国王Z的士兵抓获——是的,国王J浩浩荡荡的亲征以一种事先张扬的辉煌开始,而以一种屈辱的、走投无路的被缚为终……五十万部队,其中不乏J国的精锐,而面对Z国匮乏的、不足三万的人马——这一失败实在是让人难以想象。

在国王J的军队出发进入上谷郡境内的时候,原本非常顺利,他们只和Z国的小股部队发生了一些零星的战斗,面对庞大的J国精锐,这些骑在马上的Z国士兵虽然骁勇异常但很快淹没于洪流中,确如国王J所期待的那样,J国的刀刃和战马的铁蹄将战死的Z国士兵的尸体变成了一团团稀薄的肉酱。一座座成为断壁残垣的城,一个个已经无人烟的村落,重新回到了J国的版图,尽管它们已变得破烂不堪,空气中散发着隐隐的死亡气息。可以想见国王J的愤怒,他下令,凡是抓到Z国的士兵,无论军职大小可一律就地处斩做成肉酱,只有国王Z例外。"我要让他看到,我们的铁骑是如何踏碎他的家国的!我要让他求生不得求死不能!"

接下来,战斗变得更为轻易,Z 国的骑兵一见到国王 J 的大军立刻"闻风而逃",J 国的大军即使奋力追赶,战马和骑在马上的人追得满身是汗疲惫不堪,而结果往往是 Z 国的将士在风声和呐喊声中抱头鼠窜,跑出去更远。国王 J 先后三次参与了这种追逐,其中两次是他下达的命令——他骑着自己的汗血马,一路冲在前面,在战马的颠簸中他感觉自己的阴茎一次次坚硬地勃起,在他血气方刚的身体里充满着难以控制的巨大力量。

把 Z 国的骑兵赶跑这当然是胜利,但它难以让国王 J 满足。国王 J 亲自给国王 Z 写了一封信,在信中他提出要和国王 Z 来一场"真正的、男人的"战斗,地点,就选在城高墙厚的上都,并且意气勃发的国王 J 进一步向国王 Z 提出,他们两个人不仅要指挥两军而且还可以面对面搏斗。"听说你是骁勇善战的马上的国王,而我一直在王宫里受到名师的训练却无实战的机会,我们两人来一场真正的搏斗吧,也算满足我的一点心愿。"

国王 J 差人把信送入了上都。得回的消息是,国王 Z 看了信后一言不发,面色沉郁。过了许久,他才在羊皮卷上写下回信。回信说,他当然要在上都等着国王 J 的到来,他也一定要好好地教训一下羞辱了他的使节的不知天高地厚的人。不过他拒绝了国王 J 把部队拉出城外好好决一死战的要求,他说:"Z 国有自己的战法,你没有命令我采取什么方式来战斗的权力。"

"你们看,他都说了些什么?!"

"写在羊皮上!侍卫,你早点把它收起来送回京城,让监国也闻闻上面的腥臭!告诉他,千万别把这张臭皮给我弄坏了,让他在我返回京城之前一定要想出保存臭皮的办法,这可是太珍贵的东西啦!要是它能存下,我愿意用五倍的黄金来交换!"

"尊敬的、伟大的国王,从这封信上的语调来看,国王 Z 这个老奸巨猾的老贼已经吓坏了,明明色厉内荏!说什么我们有我们的方式,明明就是怕了,不敢嘛!"

"就是就是,他一听到我们尊敬的、伟大的国王亲征上都,魂儿早丢了一半儿,而这一路上两支军队的相遇,他自己领教了我军的强硬和虎狼,魂儿又丢了一大半儿。而我们尊敬的、伟大的国王这封气势磅礴、字字千钧的战书一下,那个狗国王的魂儿一定是全丢啦!攻下上都,根本用

237

不着吹灰之力！说不定,我们进入上都的时候,发现国王 Z
的兵马都跑光啦!"

"这一次,我们可不能让他跑啦! 这个狗国王,就像是
一只兔子似的,以象搏兔,一定会费些力气……我们是不
是先将上都围住,断他后路? 要不然他们一触即逃,那么
大的草原我们上哪里找几只兔子去!"

"尊敬的、伟大的国王……"

"尊敬的、伟大的国王……"

国王 J 听取了将领们的建议,一部分精锐部队跟随国
王从正面攻城,而另有两支部队从侧翼佯攻,主要任务是
不放走从城里逃出的敌人。而另外的重兵,包括另一部分
的精锐部队则迂回至上都以北三十里处埋伏下来,堵住国
王 Z 的后路——"这一次,我们一定要一举歼灭,打出气势
和威严,要让 Z 国、A 国、X 国、R 国以及 C 国都不敢再低看
我 J 国一眼!""尊敬的、伟大的国王啊,这一战,您必将名
垂青史万古流芳,您将像历史上那些显赫的、让人景仰的
帝王们一样,甚至比他们更为显赫! 您也将为我们 J 国打
下万古基业……"

"各位将领,J 国的荣耀和威严就寄托在你们的身

上了!"

"国王英明!我们一定要……"

休整了两天之后一切就绪,国王 J 下令攻城。然而,他的军队只遇到了一些极为零星的抵抗,只有南城门处的战斗激烈一些,黄昏时分那些抵抗的人已被团团围住,前方传来的消息称,在这些抵抗大军的死士中,有不足五分之一是 Z 国的兵士,而其余大半竟然是 J 国人,不知是什么原因让他们成了 Z 国死心塌地的效忠者——"把他们一一射死,一个也不留!凡是帮助 Z 国守在南城、杀我将士者,一律诛灭九族,一条狗、一只鸡也不能留下!"得到这样的消息,国王 J 出奇地愤怒,一只宋时官窑的天目盏被他狠狠地摔在地上,"可恶,实在是可恶!我痛恨这样的人,这些无赖远比 Z 国的入侵更让我痛恨!"

仅仅用了一天的时间,国王 J 就浩浩荡荡地收复了上都,列队欢呼的上都百姓让国王 J 忘掉了不快,他朝着那些在火把中闪烁的脸挥手致意,某个时刻,他甚至感觉泪水在自己的眼眶里旋转,不过它没有流出来。"你们受苦啦!我,以 J 国国王的名义向你们发誓,上都永远不会再遭此劫难,整个 J 国都感恩上都的付出。我们也一定要让野蛮的

239

Z国加倍偿还！"

"国王英明！国王万岁！"

"国王英明！国王万岁！"

在一片此起彼伏的欢呼声中，国王J感觉自己的身体有些飘，简直是可以进入云端的样子。"多好的子民，"他对自己说，"我一定要为他们报仇，我，一定要做一个受万民爱戴的国王。"

晚上，国王J住进了经过打扫的上都王宫，那里的花和树，桥和廊都是完整的，他的父亲所题写的匾额竟然也还在，而门前那棵落光了叶子的核桃树据说也是他父亲亲手植下——处在兴奋中的国王J决定犒赏三军，并在王宫里摆下宴席，让大太监传令邀请随军的百官和受奖的将领出席。席间，国王J向大臣们询问："我为什么没有遇到国王Z的抵抗？他在哪儿？他的军队在哪儿？"

"尊敬的、伟大的国王，他一听到你亲自征讨，吓破了胆，在您来到上都之前就逃之天天了！他真是一只兔子，不，比兔子跑得还快！"

在一片响亮、厚重的哄笑声之后，有位将军起身："尊尊尊敬的、伟伟伟伟大的国国王……"国王J也跟着笑起来,他制止了这位将军的话:"将军,你把你要说的写到纸上呈给我吧!不过我想我已经明白你的意思啦!现在,我想知道,有谁有国王Z的消息,他现在何处?"

一片没有具体内容的七嘴八舌之后,有一位职位较低的宣抚使告诉国王,就在刚才,国王Z的人马与负责埋伏在上都北面的J军精锐部队遭遇,J军全力抵抗,而没想到的是国王Z的弟弟从背后掩杀过来,腹背受敌的J军只得撤出战斗,而国王Z则逃向了北方……

"胡说!你是谁,你哪里来的这等军情?作为北方指挥官,我得到的消息是,只有不足三百人的Z军外逃,已被我部全歼!将士们现在的任务是把他们的尸体剁碎做成肉酱……"

"谁不知道国王Z和他的弟弟关系不和,而且我们尊敬的、伟大的国王早就派出使者说服了他弟弟,他不帮助我们劫杀国王Z就已经是背信了,他怎么会前来帮国王Z?荒唐,荒唐至极!"

"好好饮酒就是了,你竟然罔顾国王恩典,王宫里岂能有你说话的份儿? 就是说话,你也得找合适的、准确的话来说,怎么能……"

"这样的胡言完全是故意捣乱,试图蒙蔽我们尊敬的、伟大的国王!你的上司是谁?你的所谓的消息又是从何得到的?"

"将军,我是他的上司——请原谅我管束不严,还请国王和将军们责罚!我没有听到过这样的线报,他说的我也是刚刚才听到!对于他这种不负责任的胡言乱语,我也是非常非常愤慨!"

国王J走下来,走到那位宣抚使的面前——他面色惨白,低着头,手和腿都在发抖。"告诉我,你是从哪里得来的消息?"

"回回回尊敬的、伟大的国王的话,我,我是……刚才在进入王宫的时候,听到一个上都百姓的议论,我,我就信以为真了。我真是该死,一时昏了头……""真的不是密探的情报?""不不不……不是,我那么说,是想让尊敬的、伟大的国王和我——一样相信,我真是罪该万死!"

好了,国王J的脸色又恢复到原来的样子:"今天是一个值得庆贺的日子,你的行为会得到特别宽恕,让你的上司小小地惩罚一下就是了。现在,你坐下来继续饮酒,不过,以后注意,谎报军情可不是小事,我也未必总有这样的好心情。"

第二日,国王 J 早早地起床,他向一侧的王妃承认亢奋已经是他身体的一部分,它几乎用之不竭而且感觉不到疲累。"我们一定要乘胜追击,千万不能贻误了战机。我一定要把国王 Z 打得一想到上谷就会做噩梦!"

然而,一直深受信任的大太监却劝国王 J 在上都略做休整,他的理由是:"将士们一路追击已经人困马乏,而且更多的将士来自边关,他们走了很长的路,如果不是为国效忠的精神力量他们早就趴在地上了,尊敬的、伟大的、仁慈的国王应该体恤一下您的士兵;后勤给养有些匮乏,不适合马上出击——也不能责怪户部和工部准备不足,谁能想到国王 Z 竟然如此怯懦,竟然不敢与尊敬的、伟大的国王打个照面,一直闻风而逃,这,也让户部的人措手不及,我们只要再多休整两天,两天,所有的粮草、兵器和马匹都会源源不断地送到军士们的手里,如此庞大的军队,给养一直是大问题大关键,请尊敬的、伟大的国王一定三思;还有一个缘由,是关于尊敬的、伟大的国王的——上都是先王一直念念不忘的地方,是一块宝地,其不远处的青龙山则更是龙兴之地,景色也美不胜收,现在正是金莲花开得艳的时候……现在国王您身强力壮,年富力强,也应当多为J国王室的子嗣繁衍考虑,您这几日正逢破敌建勋的大事喜事,精神也爽,多停两日也好……""好吧,我听你的。不过我的先锋精锐必须要乘胜追击,可不能让那只兔子跑回山里去!"

停了一日,两日,三日,国王J没想到自己竟然在上都待了下来,半个月的时间过去了,他的军队,他的随从和太监,他的官员们似乎都没有要继续开拔的意思。也不能把责任全部推卸出去,这些日子,大大小小的事情足以让国王J焦头烂额,他也不得不暂时把追击国王Z的事情交给自己的前线将领去做。在上都,国王J处理过的事务之多简直是"罄竹难书",而且会有诸多的临时事件加入进来,让他劳心费神。先是在城外驻守的将领向他告状:军队的粮饷明显分配不均,城外的守军已有三日断粮断炊,不得不向当地百姓买粮度日,而驻守于上都城内的两支卫戍部队则多有剩余,他们甚至用整车的粮草和当地的富商进行交换,换取他们想要的金银、丝绸和酒;负责城内守卫的将领向国王否认了城外将领的说法,而负责发放粮草的户部

244

官员则向国王密报,城外某支守军上报三万兵士,经查实际兵士不过两万一千四百余名,说明一定有将领虚报人数领取了多年的空饷,不给予他们充足的粮饷其实是对他们的必要惩罚,而所谓城内守军待遇不同、用粮草易物的说法纯属无稽之谈……某位上都的文职官员向国王禀报,有将士在城里随意捕人、侵占财物,凡是他们能看上的、觉得好的一定会据为己有,据为己有还算罢了,原物的主人往往会被安上一个通敌资敌的罪名不经审问即被处死,一时间人心惶惶,青天白日之下竟然家家闭户,诸多百姓不得不想办法逃出上都……"有这等事?给我好好地查一查!若是属实,一定给予严办!"当日傍晚,金事指挥使在宫中太监的引领下进入王宫,他向国王请罪:国王前些日子下令,凡是帮助Z国守在南城、杀我将士的J国人,一律诛灭九族、一条狗、一只鸡也不能留,这些日子他一直殚精竭虑地处理这件事,要知道,士兵们也最恨这些投敌资敌的人,所以他们在侦察的时候、搜捕的时候、处理的时候没有注意方式方法,的确造成了一定的恐慌,不过这也是一种必要的恐吓手段,让上都的民众再也不敢有资敌投敌之心……他会约束自己的部下的,已经按照国王的吩咐传令下去了。"好好好，一定要注意方法，别让上都的百姓寒心。当然，也必须要恐吓一下那些有心资敌的人，让他们看到资敌投敌的下场！这几天里，你也应当知道那些J国人为什么要投敌，而且死心塌地为Z国卖命了吧?"这位金事指挥使给出的答案是，他们多是一些作奸犯科的歹人，无恶不作，本来都被上都原郡守收监准备秋后问斩的，可Z国悍匪攻下上都后便将他们放了出来并纳入军队中——一旦上都收回，这些歹人自是要重回监牢，刚刚在Z国军营中得到的鱼肉上都百姓的好处也一并会被剥夺殆尽，他们当然会不甘心……"原来如此。这，也说得过去。这样，你继续给我去查，注意不要造成普通百姓的恐慌。我不希望放过一个这样的歹人，包括他的家人。他们必须要付出代价。"

刚刚料理完这些事儿，国王J吩咐自己信任的大太监："明日，我的大军继续追击Z国的军队——"他的话没有说完，只听见院子里突然一声巨响———一口硕大的水缸竟然没有半点预兆地碎裂成七半儿。"这是怎么回事?"国王J跟随着侍卫和太监们来到院子里，看到了水缸的裂片和一大片的水渍——没有人动它，没有人在它的附近，甚至也找不出任何一种将它击碎的外力。就在他们围绕着破裂的水缸试图一探究竟的时候，传来了国王J的一支军队在城外哗变的消息。

只用一天的时间，哗变就被镇压了下去，发生哗变的是一支由东林郡调来、守在城外的小股部队，至于发生哗变的原因，都督金事给出的答案是，这支部队常在边区，野蛮懒散惯了，竟然化装成匪徒悄悄干起了打家劫舍的勾当——负责军纪的士兵将所获得的证据呈给了宣慰使，宣慰使差人叫这支军队的长官前来问责，不知为何走漏了风声，这位自知理亏、一旦受军纪处罚必死无疑的军官竟然铤而走险，胡乱编造了一个理由鼓动他的士兵们跟着他哗变……而茶陵卫指挥金事带来的则是另一份供词，这份供词是由哗变部队的宣抚使写下的，在供词中那位宣抚使向国王J发誓，他的供词中没有一句假话，若有一句假话则请国王灭他三族。他的说法是，这支部队已经有数日断米，而营中痢疾横行，许多战士和将领都染上了重疾。营中的大夫开出了药方，可是军士们却抓不到药——许多的草药都是以次充好根本起不到作用，而几种相对名贵些的草药竟然被人换掉了，打开药匣，大夫们发现里面是一些树根、树皮、枯草或者干脆是土。有两个大夫和三个士兵气不过，去城里找负责药品采购和供应的，五个人没有一个回来，有人说他们被关进了大牢，有人说他们已被秘密处死，那些苦熬的，以及饥肠辘辘的士兵们气不过……"是不是这样！他，说的都是真的吗？谁，这么大的胆子！"亲军都尉府的官员密报：下发各军队的药品确有以次充好的现象，但哗变部队打家劫舍也是真的，事情的起因应在于此而不在于药品问题，不过，大夫和士兵的确被关进了大牢，其中两个染上时疾的人已经死在了牢中。吏部给事中递上奏折，他在奏折中谈到军中医药的检查情况以及对三位小吏和一位将军的处理：三日后，新的、保质足量的药品将运抵上都；对于已经患有痢疾的军队应做出隔离，避免他们传染给其他人影响整个军队的战斗力。作为心腹，大太监提醒国王J，都督金事素来与吏部尚书不和，而茶陵卫指挥金事则是吏部尚书的远房侄子，二人走得很近，亲军都尉府则与兵部的关系微妙，这奏折中的重与轻、真与假……国王可不得不防。

这一事件让国王J的行程又耽误了七日，接下来是一场大雨。

在上都的水文志上,国王 J 遭遇的那场大雨是相关记载中降雨量最大的一次,一般而言上都的秋天一向干旱,可那一年的那个时节不同。被困在雨水中,国王 J 感觉自己的房间就像一条飘零在大海上的船,他竟然有种一个人行驶在茫茫海上的颠簸感,这颠簸又显得那么孤独。屋子里生起了炉火。站在门口,望着连绵成一块厚麻布的大雨,国王 J 的耳朵里竟然灌满了风的呼号——其实并没有风的存在。半年之后,当国王 J 成了阶下囚,他才从同时被关押起来的战士们口中得知,他听见的的确是呼号:诸多由南方调来的战士只有几件单衣,没有下雨的时候他们还感觉不到冷,可在没有遮挡的雨水中……国王 J 听到的,是他们所发出的哭声。

　　国王 J 翻看着从京都送来的密报,上面说,监国做事认真严谨,从不越矩,凡事都与国王 J 托付的大臣们商量,有关文牍的处理也越来越熟练。他无时无刻不挂念着自己哥哥的安与危,乐与悲,似乎略有消瘦。上面说,监国喜欢王宫前院那棵合欢的绒花,他自己在树下收走了不少落下的花,晒干后放进了自己的香囊。上面说,监国在处理完必要的政务之后,就会骑马返回自己的王府,已经十数日了,他的基本轨迹一直这样,只有一次他在参加完例行的围猎之后带着随从在一个小酒馆里喝了一壶酒。上面说……国王J在上面批阅:知道了。已经知道。你们要好好帮助他,一定要处理好与监国之间的关系,等等。有时,在百无聊赖中,国王J会重新将密报翻出,在上面重新批上几句话——其实也没什么特别的意思。"我这个弟弟,看来还是挺能干的。"他说。他的这句感慨很快溶解在雨水中,甚至跟随在身侧的大太监和王妃也没听清没来由的话说的是什么。"你们有没有前方的消息?""回尊敬的、伟大的国王,前方的捷报刚刚送达,又是捷报,今天已经是第三次啦! 要不是这么大的雨,怕影响到您的身体,我和将军们都想早早陪着您到前线上去,看看国王Z那只兔子狼狈逃匿的模样……""是啊,我不能总在上都待着,这和在京城里待着有什么不同! 等雨一停,我们马上出发!"

捷报就像雪片,即使瓢泼大雨也无法阻挡它的到来。它们,就像是小小的火苗,因大捷、中捷和小捷程度的不同而闪烁的光亮不同……或许是因为大雨,或许是因为在上都待的时间有些久,国王J已经没有了当初亲征时的兴奋,即使这雪片一样的捷报也无法让他振奋。此刻,他只希望这次的亲征能够早早结束,只要把国王 Z 的兵马赶出上谷郡一时不再来犯就可以了,至于公告和记载——大太监他们会处理好的。

雨终于停了。第二日,国王 J 坚持要和他的军队离开上都,可所有的人都在苦苦阻拦:道路太过泥泞,且有多处毁坏;寒气太重;给养、药材准备不足,到达不了安营的地方;痢疾的问题、饮水的问题、生火的问题……"够了!"国王 J 甚至拔出了腰中的剑,"告诉你们,谁也不准再阻拦我!否则,我将让他付出代价!"可是,众人还是相劝,国王 J 只得答应:"那就再休整一天,明天一早,一定要出发!"

"国王英明! 国王万岁!"

早晨,露水沉重得像沙砾一样的早晨,打着哈欠的国王 J 从一个不安的梦中醒来,他吩咐在门外打着瞌睡的大太监:"集合三军,立即出发。""尊敬的、伟大的国王,我们要不要晚一点儿再走,也告知上都百姓一声儿,让他们也来送一送解救他们于水火的帝国的军队? 您知道,上都的百姓有这样的心愿。""不,"国王 J 自己推开房门,他说得斩钉截铁,"立刻,马上。我们出发。"

……从上都阴郁的早晨出发的国王J不会想到，两日之后，在一个叫作瓦砾堡的地方他将和Z国的精锐部队第一次相遇；他也不会想到，十日之后，他将被追赶而来的Z国士兵从草丛里面抓起，就像是老鹰抓起一只不断挣扎的小鸡；他不会想到，他的所谓五十万大军其实不过只有二十余万之众，且有一部分是老弱之躯，而他的先头部队在他刚进上都的那日就已和国王Z的部队混战在一起，先头部队的求救信函一封一封送到上都，而摆到国王面前的则是早已写好的捷报。从上都阴郁的早晨出发的国王J不会想到，兵部悄然派出增援的部队竟然会罔顾军令在抵达谢云堡后迟迟不肯参与战斗，而等国王J的先头部队被歼灭后这支增援部队才草草地战斗了一下，不到两个时辰就败下阵来，十几位将领消失得无影无踪；他不会想到，国王Z的弟弟带着七万大军前来为自己的哥哥增援，早已得到消息的兵部尚书、大太监、六部给事以及他所能接触到的将领们一致瞒下了这个消息，直到在瓦砾堡无法再向他隐瞒。从上都阴郁的早晨出发的国王J甚至不会想到，暗地里的贪腐是怎样以一种癌细胞的方式渗透在这支浩浩荡荡的军队的内部的，大约两万人早在抵达上都的时候就已基本断粮，而被刺伤的、患有痢疾等疾病的战士们所能得到的都是一些并无药效的根茎、树叶甚或泥土。他当然也想不到，瓦砾堡的最后一役，落荒而逃的官员、将领和侍卫们竟然没有谁试图护驾，那些溃败的、奔逃的士兵们就从他的面前窜过去，任凭他声嘶力竭地呼喊也没有谁肯多看他一眼。他自然也不会想到，自己会成为生活在弹丸上的、直着腿走路、煮着吃牛肉甚至都不能把上面的毛剃净、只会发出一些咕噜咕噜怪声的 Z 国人的俘虏，并且将要被关押两年之久。他也想不到那些在他面前反复说要肝脑涂地、万死不辞的太监们、将领们竟然对他充满怨恨——成了 Z 国的俘虏，他们才开始如此表达。

当然相对于那个早晨来说，这些都是后话。国王 J 骑在马上，望着自己一望无际、浩浩荡荡的队伍，虽然已经减少了兴奋，但心头的火苗还是闪了一下，两下。他觉得他走向的，将是一个旷古的、惊天地的伟业，他将为父亲所留下的疆土再做拓展，他想象，自己强大有力的铁骑将踏上陌生的领地，而它，不久就会归入 J 国的版图中……

国王 K 和他的疆土

在成为国王之前,国王 K 曾先后遭遇过六次生死之劫,第一次的时候他还是个婴儿。是的,那时,他还是个婴儿,刚刚开始啼哭——也就是啼哭之声救下了他,城门口的守卫本来已经放过了那个将他藏在木桶里、准备出城之后悄悄丢进河水里的国王侍卫,然而婴儿的啼哭让他生出了疑心。国王 K 当然不会对此有任何的印象,他只是个婴儿,但这个事件却如无法弥合的深渊,刻在他的记忆之中。他的母亲对他讲过多次,每一次,母亲都有将自己全部的牙咬碎的欲望,好在她的牙足够坚硬。"一定是某某某干的。""是某某王妃的主使,没错的。""她一定也参与了,儿子,也就是你的命大。"几年的时间里,母亲的矛头分别指向过不同的人,每一次,她都同样笃定也同样地咬牙切

254

齿——"她们，一个个，都想把你害死。她们的心早已被毒蛇盘绕，或者本身就是毒蛇。""你不要相信她们。那些涂着蜜汁的话一句也不能信。她们真正想喂给你的，其实是毒药。"

第二次遭遇生死劫，是国王 K 九岁的时候，一股叛军以迅雷不及掩耳之势冲进了临襄城，正在临襄下榻、本准备查看临襄水路工程的老国王不得不连夜仓皇逃走——老国王居住于府衙，而国王 K 和他的一个哥哥则居住于驿馆，前来报信的人不知什么原因直到国王 K 和他的哥哥成了俘虏都没能出现。

国王 K 从来不提他在叛军中的生活，从来不，他不允许自己说出一个字来。在 K 成为国王之后他还曾专门找到负责记录的史官，告诉他们："关于我和哥哥被俘一事，我建议你们最好不提。毕竟，它是国家的羞耻。我的建议，是一个国王的请求也是命令。至于我哥哥的死……你们就说，他死于某种突然的疾病，当然这也是事实，他只坚持了短短的几天可我觉得好像有几年那么漫长……你们听清楚了吧？这是一个国王的请求，也是命令。"

国王 K 从来不提他在叛军中的生活，他哥哥的死却必

255

须给他们的父亲老国王一个交代。只有九岁、经历过近三个月颠沛生活的国王K表现得极为沉稳,他要求只讲给父亲一个人听……他们谈话的时间不长。从房间里出来,老国王用他的老花眼直直地盯着太阳,盯了一会儿才低下头去。唉。等他再抬起头来,脸上已全是泪水。

之后的几次生死之劫——国王K对此依旧讳莫如深,史书里面同样闪烁其词,据说它多来自骨肉的相残。多年之后,沧南一带有一出小戏讲述了国王K的某次劫难,他被杀手追杀,一路逃到河边,这时一名年老的船夫冒死救下了他。在戏中,国王K隐瞒了自己的身份,而那位船夫在船行至江心的时候也向国王K解释了自己这样做的原因:他对老国王颇有不满,凡是被官兵追杀的人他是一定要救的。那时,国王K身受重伤,他不得不跟着这位船夫痛骂了几句,然后对船夫说老人家我的身上只有这几两银子你如果不嫌弃的话……在沧南一带的小戏中船夫没有要他的银子,而在临襄一带的小戏里,船夫则收下了银子:"好嘞!救人一命升造化,又得白银换酒钱。银揣怀中心里暖,再言公子话儿甜……"无论是沧南还是临襄,故事的结局都是一样的:国王K渡过了河,但危险并没有马上散去,他用匆忙的一个拱手告别船夫,仓皇钻进了青纱帐,而这时,船夫锁住他的船准备登岸:"咦,这是什么?"……我不能再引戏词,它会让我的故事拉得太长。我还是用最快的速度揭开谜底吧:匆忙间,国王K将他的一块玉佩丢在船上,而那老船夫在登岸之前突然发现了它。没错儿,这块玉佩只能是王宫里才有的,它的上面还刻有王宫独有的图案——"啊,我救下的到底是谁? 难道是,难道是……唉,那老贼害我一十三载不得上岸日日慌张,今日本有机会报得此仇,这这这……"

不同地域的小戏,均以船夫捶胸顿足、追悔莫及结束。

在国王K成为国王之后。毫无疑问,已经遭遇太多次暗杀的国王K草木皆兵,他不信任任何人,这点比他的父亲更甚。他加强护卫,砍掉了王宫里所有的树木,睡眠的时候会突然呼喊侍卫或宫女,而他们则必须用最快的速度出现,而且要保持必要的距离以免触动国王K的机关。他还在自己睡眠的床前设了不下十道的"暗铃",如果谁试图在国王K熟睡的时候接近他就必须小心翼翼地摸黑前行,问题是国王K的"暗铃"设置每天都变,根本没有规律可言,何况即使睡眠,他也始终保持着睁一眼闭一眼的习惯,无论是风吹还是草动,都可能让国王 K 的两只眼睛悄悄地睁开。他还建立了一整套严密监视、相互监视的体系,他要保证王宫里每个人都不能害到自己,每个人都不敢害到自己,更没有机会害到自己……然而……然而明枪暗箭还是蜂拥一般到来,就在他刚刚成为国王的第一年,就先后遭遇过下毒,埋伏在树林里的弓箭手放暗箭,以及一座桥的突然垮塌。他的马队和车辇刚刚走到桥头,桥就毫无征兆地垮塌了下去,好在国王 K 慢了半步,而就在他前面的三匹战马则坠入到深崖的下面。他还遭遇过巫蛊,一个不幸的侍卫阴错阳差地替代国王 K 进入死亡,他甚至都没有哼上一声。

略去国王 K 的追查,以他的心性当然不会放过半点儿的可疑之处,何况谋杀真就明明白白地发生过了。《三十五史》《钟鼎铭》《故史选稗》以及《流萤夜话》对此有着较为详细的介绍,在此不再赘述。在一出名为《醉龙杯》的戏剧中,饰演国王 K、胸前挂有长长灰胡须的老演员从一上场就做惊恐状:"树动总疑杯弓影,风吹即似暗伏兵。头枕玉枕难安睡,生怕它暗中鬼魅来索命,手持琼浆不敢饮,生怕它是暴烈的毒酒让我心不宁……世间谁人不曾疑? 口蜜腹剑难提防。我须在一步之内设三岗，我须学三窟狡兔将身藏。我须让窗外的滴水难漏进，将错就错又何妨。"国王K酒后轻信了某人的谗言先后错杀了三位大臣，等他从醉意中醒来则追悔莫及。最后，以他杀死进言者后命令诸位王公大臣随他前去吊唁被误杀的大臣而辉煌告终。《三十五史》《钟鼎铭》都未曾记载类似的故事，不过稍晚些的《故史选秤》和一些野史则谈到，风声鹤唳、草木皆兵的国王K曾掀起过一阵又一阵的血雨腥风，因此，他也获得了一个"宁可我负天下人"的坏名声。

没有一出戏剧是完全捕风捉影。

国王K的草木皆兵或多或少也影响到他周围的人，包括他的大臣们、侍卫们、宫女们。每个人都感觉自己的身后一直有一个跟随的阴影，他们的手上举着石头或提着刀子，而他们所丢失的或者想象丢失的斧子，就藏在他们所怀疑的人的家里……国王K的桌子上堆满了种种密报，里面，全是对另外的人的怀疑："国王啊，他一心一意地想害我，害我，其实是想除掉您身边最最忠诚的那个人，他害的可不是我一个而是指向国王您的……他本质上，是想害您。"多数的时候，国王K对密报中的陈述是相信的，包括

A 指责 B 同时 B 也指责 A 的那种。"她们，一个个，都想把你害死。她们的心早已被毒蛇盘绕，或者本身就是毒蛇。""你不要相信她们。那些涂着蜜汁的话一句也不能信。她们真正想喂给你的，其实是毒药。"不止一次，国王 K 回想起母亲对他说的，他庆幸自己的小心和多疑已经多次救了自己，但之后的日子一时一刻都不能大意，不能。否则，后果真的不堪设想。

国王 K 挫败了一次又一次的暗杀行动，有些尚处于萌芽状态而有些则连萌芽都算不上，它只出现于告密者的密报之中，无法查证，然而把草木都想象成刀兵的国王 K 不敢放过。然而，尽管有密探，尽管一次次让国王 K 事后心悸不安的行为多数尚未萌芽，可它还是让国王 K 变得越来越紧张。

他怕风，怕光。即使是白天，即使是在议事的大厅里，他也愿意让侍卫们为他遮住左边、右边和后面的光，只留前面的一道缝隙。他不敢一个人吃饭，他觉得那样别人更容易动些手脚，而那两个负责试吃的侍卫也不能全信，他们完全可以事先服用相应的解药；他也不敢让很多的人陪他一起，因为人多的话自然危险也就随之增加，国王 K 不能让自己冒险。他还怕所有的阴影,他总感觉,阴影中一定存在某种不可知的、不可控的事物,而那些事物一定会伤害到他。他不允许侍卫和宫女们窃窃私语,这也是危险性的一部分,谁知道他们是不是在密谋。他也不允许他的王妃、宫女或者其他能够到他身边的人离开王宫,和外面的什么人接触,谁知道怎样的危险会随着她们的进出而被携带进来。有段时间,国王 K 甚至拒绝接见自己的大臣,即使那些战战兢兢的大臣们小心翼翼,和国王保持着极为安全的距离也不行,他们的长袍无法不让国王 K 怀疑,一度,国王 K 试图在他的大厅里筑造几个浴缸,前来汇报的大臣必须赤身裸体进入浴缸,那样国王 K 则可以轻易知道他们的确没有携带武器——但国王 K 的这个命令未能获得执行,他遭遇到之前从未有过的反对……总之,国王 K 生活在暗杀恐惧之中,他自己也感觉不能这样下去。他需要找到办法,解决这个问题。

和国王亲近的一名贴身侍卫懂得国王的心思,能在国王身边多年,他当然深知国王 K 的恐惧来自哪里,他当然知道提出怎样的建议会被采纳,而且还不遭受国王 K 的猜疑。他用一种小心翼翼的方式试探:"尊敬的、伟大的国王,前几日我读到一本古书,书上写道,在遥远的 B 国曾有一个非常有道的国王,他勤政爱民,是一个好国王,但即使如此还是有许多人想谋害他。一次,他前往某地狩猎并去视察自己的部队,这一隐秘的计划不知被什么人得知了,他们埋伏在半路上,等那位国王的车队经过时阴谋者突然冲出来——很不幸,那位国王的人马和随从全部被杀死在路上,包括国王。得知国王已经被刺死,最最重要的阴谋者终于从暗处走出来,他仔细地看过国王的尸体:没错儿,是他。他的确死了。这个阴谋者快马加鞭赶回京城,他要向王室报告国王遇刺的消息,可当他急匆匆赶到京城准备向王后和国王的儿子报告这一消息时,却发现国王就端坐在自己的椅子上,悠闲地喝着一杯红茶。"

"这个可恨的叛乱者! 他,不是把国王给杀死了吗?"

"回禀尊敬的、伟大的国王,他没能杀死国王,至少是,他没能杀死真正的国王……"

"我懂得啦!"国王 K 站起来,"我明白你的意思,国王根本没有离开王宫,被杀死的只是他的替身,一个和他几乎一模一样的人! 他,也许有许多这样的替身……我也需要。我怎么就没想到这个办法呢。告诉你,我也需要。传我的旨意,将吏部 B 侍郎给我叫来。"

一切都在秘密中进行,没有一个人敢从自己的嘴巴里泄露出一个字——他们当然深深知道,从自己嘴里吐出的任何一个字都可能是害死自己和自己家人的砒霜,它可能比砒霜更苦也更毒。对待这份毒,他们得小心翼翼,同时也要尽心尽力。

某个黄昏,一台小小的轿子通过了城门,它被径直抬到了王城,然后由另一批侍卫接管下来,这台小轿绕至后院,通过一个侧门、假山、假山的山洞进入地下。又有三名侍卫迎上来,他们请出轿子里的蒙面人,由他们引导,打开一扇窄门,向里面慢慢走去……又换了两批侍卫,通过了三道门,这个蒙面的男人才被安顿下来,侍卫们摘下了蒙着他面目的黑布。

呀!宫女们叫起来,有两个宫女甚至不由自主地跪下去——这时,国王 K 才从屏风的后面走出来。呀!宫女们再次发出尖叫,而那位被侍卫们送进来的男人也不由得倒退了几步——"你,你……"

国王 K 坐下来,极为和善地询问着这个男人:"从哪里来？家里还有什么人？平时喜欢什么？你能不能给我表演一下？"

国王 K 将一侧的侍卫叫过来，冲着他摇摇头。这名完全不知道发生了什么的男子被侍卫们送了出去，同时送出去的还有宫女们。"再给我找。"国王 K 从牙齿的缝隙里挤出这几个字，侍卫的身躯不由自主地摇晃了一下。

第二个、第三个，第六个，第七个。第九个，是吏部 B 侍郎送来的。那时已过仲秋，可进到地下王宫里的 B 侍郎的额头上竟然浸满了汗。摘下面罩，宫女们一个个发出压抑的尖叫，又有两个宫女不由自主地跪了下来——

屏风后面，传来国王 K 的声音："你从哪里来？"

这名男子微微弯了一下腰："我原来就住在京城，父亲曾是一个小吏。九岁那年，父亲犯了一点错误被罢了官，他就带着家眷返回临翔老家，成了教书先生。我现在自己住在临翔。""哦。"国王 K 转过了屏风，坐在椅子上，那名男子立刻表现出与第一个第二个第三个和第八个一样的惊讶。"你在京城的时候，有没有谁说，你像某一个人？"国王 K 盯着他的眼睛。"没有。我那时还小。""那，现在呢？"

"我……"那名男子突然跪下来，"尊敬的、伟大的国王……"

"你怎么知道我是国王?"

"您的威严,加上您的佩饰,加上……您的宫殿里的布置。"

"嗯,"国王 K 点点头,"你也真够聪明的。你的声音也有三分相似,在京城待过,也就方便多了。这样,我再看看你的其他方面,譬如,你给我写几个字……"

B 侍郎留住了自己的头,不过他还是感觉,有一股强劲的风狠狠地吹过他的脖颈,让他有一种彻骨的凉。事后,他把这个感觉写在纸上,那股凉风竟然从纸上又飘起来,让他又一次惊心。"我该如何是好?"B 侍郎将这几个字也写在纸上,然后丢进纸篓。

不管怎么说,B 侍郎暂时是安全的,因为国王 K 的这个"替身"还令国王 K 比较满意。"你们让他学我说话的方式、语调。必须要像,要让我的宫女和王后都听不出来。""你们要让他学我走路的姿势——混账,我会这样走路?不不不还是这样吧,是有些像。带出点气魄来,你要更像我才对。""这是你批阅的? 嗯,有几分形似了。""他们没有告诉你,我不喜欢这样的茶杯? 换掉! 现在,我命令你,马

265

上把我最喜欢的杯子找出来,否则……""不不不,我不喜欢! 你的喜好必须和我一模一样,你听懂我的话没有?!要不是,要不是……你有一百颗头,我也早砍啦。"

国王 K 对自己的替身还算满意,就是他叫嚷着"你有一百颗头我也早砍啦"的时候也并非真的生气,藏在声音里的柔软甚至连一旁的侍卫们也听得出来。之前,国王 K 可不是这样,没有一个人能走到他的心里去,没有一个人知道他的沉吟或盯着你眼睛的那一刻,积蓄起的是雷霆还是雨露。"你们待他,就像待我一样。"不止一次,国王 K 提醒那些侍卫和宫女们,"我需要他像我,不,我需要他是我。你们要让他真正的是我才对。"

一次,一个侍卫向国王 K 告状,他说这个替身竟然因为一件很不起眼的小事儿赏了他七记耳光,而且还要别的侍卫一起来惩罚他——"尊敬的、光荣的、伟大的国王,您知道……"国三 K 突然直起身子,不过他并没有进一步的表示,而是向侍卫询问:"他打得疼不疼? 他用的是哪只手? 他的手上戴着扳指没有?""这小子,有些像我了。"国王 K 摸了摸侍卫的头,那名侍卫立刻瘫坐在地上:"尊尊敬的国国王……""我不杀你。你放心。我还要赏你。这件事你不要放在心上,我觉得你应当高兴才是。"几日后,一名宫女哭哭啼啼地被带到国王 K 的面前:"尊敬的、光荣的、伟大的国王,他,他……""他怎么啦?""他非要我侍寝。他不光拉我,还,还……"国王 K 再次询问了一些细节,他沉吟了一下:"这小子。好吧,以后你就这样。你不应当忘记我说过的话,我需要他像我,你们待他,就像待我一样。下去吧。我不会亏待你的。"

不过几天之后国王 K 还是下令,叫侍卫们狠狠地教训了这个"替身"一顿,让他经受到不轻不重的皮肉之苦。"你可以学我的一切。当然是一切。但,你也必须清楚,你不是我,永远都不是我,有些事你绝不能做,否则——我不希望出现否则。"

整整两年的时间。国王 K 的替身——为了方便称呼,就叫他替身 K 吧——替身 K 已经真正"成为"国王 K,他学会了国王 K 的腔调、习惯、嗜好和字迹……这样说吧,替身K 行走在王宫里,不只是侍卫们、宫女们看不出来,就连国王 K 的母亲也没有半点儿怀疑,她拉着替身 K 的手:"儿啊,我昨天梦见了你哥哥,梦见他满身是血……"替身 K 阴着脸答道:"母亲,你其实没做这样的梦。你是提醒我不要忘了和王的死。你放心,过几天我叫人给他多烧些纸钱,不,明天就去。""儿啊,你说你哥哥……"替身 K 坐在国王 K 母亲的身侧,一起回忆起国王 K 小时候的时光,和哥哥在一起的时光,足足一个时辰,国王 K 的母亲愣是没有察觉,坐在她身侧的这个人并不是她的儿子,而只是替身。她和他之间,没有半点儿血缘。

多疑的国王安排替身 K 去接近自己的王妃,喝茶,聊天,处理些事务然后离开——半个时辰之后,国王 K 来到王妃的住处,他装作刚刚自己遗忘了什么东西,而王妃竟同样没有怀疑。"现在,他应当派上用场了。"

第一次。替身 K 代替国王 K 早朝,国王 K 藏身在屏风的后面仔细听着,直到替身 K 宣布"散朝"的时候他才长长地出了口气,手心里竟是湿淋淋的。替身 K 一见到他,就瘫软着跪下去,已是仲秋时节,但从替身 K 额头和身上的汗来看他应当刚刚度过了一个阳光暴晒的夏天。"还不错。"国王 K 冲着他点点头,"不过你要清楚自己的身份。"

第二次。第三次。散朝之后,替身 K 跪在国王 K 的面前,国王 K 指点了两句,某某人工于心计,你不应当这样回答他,你可以更含混一些;而某某人,你应当更严厉地训斥他，他只服训斥，你做得不够狠。"越来越像我了。"

　　第五次。当替身 K 准备再次跪下来的时候国王 K 突然冲到他面前，狠狠地甩了一记耳光。"你似乎忘了自己是谁。"他说。然后命令侍卫，将替身 K 关在密室的地牢里，思过半天，不允许吃饭。"我，我究竟做错了什么？"战战兢兢的替身 K 在国王 K 离去之后悄悄询问锁住房门的侍卫，侍卫回过头来："你是真没看出来还是假没看出来？亏你还是尊敬的、光荣的、伟大的国王的替身呢！他的心思难道你真不懂？他是觉得，你像，太像了。"

　　"真是这个意思？"

　　"你仔细想想。"

　　第七次，第九次，第十一次。从此，国王 K 不再早朝。

　　不再早朝，并不意味着国王 K 不知道朝廷的大事小务，密布的眼线让他始终保持着耳聪目明，朝堂上一只苍蝇的飞进和飞出，一阵风的吹动以及众人的反应国王 K 都一清二楚，他告诉替身 K，没有什么能瞒住自己，只要他想知道的就一定会知道。"你可以扮演我，替我出现在众人的面前，但，你最好不要擅自主张。你也知道我是一个多

269

疑的人,最好别让我疑心到你身上去。"

"当然,当然。我有今日的一切,光荣和富贵,都是尊敬的、光荣的、伟大的国王您赐予的,而在替您上朝、处理公务的这些日子,我也深深地体会到了一个国王的艰难、辛苦和种种的为难……"

"我会,好好地考验你的。"

国王 K 不再早朝,他的精力更多地放在——边地的战争,领土的拓展与失去,人事的调遣,国库的收入,几个王子的教育情况,江南的水灾和北地的干旱,人口的减少和牲畜的减少……不,不止这些。虽然这些事也耗费着国王 K 的精力,但本质上较之以前有所减轻——他可以在公文和密报中挑挑拣拣,只选择他感觉重要的、必须的和秘密的来看,而把其他的交给替身。后宫?不,同样不是,国王 K 和之前的国王们早已建立了一整套极为严苛有效的管理体系,而且国王 K 还有许多的补充:服侍不虔诚的,表现出妒忌心的,不听话的,表情不高兴的,左右张望的,目光盯在国王脖颈以上的,统统都在惩罚的行列中,惩罚的轻重全由国王 K 掌握——在国王 K 的后宫中,每一个王妃、宫女都表现得像温顺的小绵羊,用不着国王费什么心思。

那,国王 K 的精力……他的精力更多地放在了对替身 K 的监视上,他不肯放过有关替身 K 的半点儿风吹和草动。

他都说了什么话?

赏了什么人,赏了多少?受到惩治的是谁?

他动没动面前的茶杯?里面是什么茶?用的是什么水泡的,水温是?

你是说,他咳嗽……听不出和我有什么差别吧?他咳嗽了几声?你看到,他是怎样的动作?

那,大臣们都说了什么?

……退朝之后,替身 K 急急忙忙由侍卫和宫女送回到地下的密室中,沐浴之后,一遍遍回想自己在朝堂上的动作、话语,答应了什么或者训斥了谁……国王 K 或许在某个时间突然赶到,向他一一询问。替身 K 有时会裸身跪在国王 K 的面前,那时他的战战兢兢会变得更重,甚至会影响到他的心跳。

"你是不是记错了?还是有意,想瞒住我?"

替身 K 最怕的就是这句话。它往往连接着的就是惩罚——国王 K 的惩罚手段实在是太多,而每一项,都会让人有痛不欲生的感觉。"我我我……禀告尊敬的、光光光

271

荣的、伟伟大的国王……"

国王 K 对替身 K 所表现的战战兢兢一直还算满意。所以,替身 K 所经受的惩罚总体还是轻的,而他身边的某些侍卫、宫女则往往没有这份幸运。替身 K 刚和身边的侍卫、宫女们熟悉了,可以在一起说说笑笑了,他们就会被国王 K 寻个借口调离或者直接处死。有一次,替身 K 看国王 K 还有好兴致,于是他怀着十二分的忐忑向国王 K 请求:"尊敬的、光荣的、伟大的国王,您看我,虽然卑贱、渺小,得国王您的赏赐才有今日,但,但我也是一个……三十多岁……男人……""哈哈哈哈,"国王 K 叫替身 K 直起身子,他上上下下地打量了几遍,"好吧。这样,我让丽王妃的使女来做你的女人吧。还有,诺,这个宫女,也是。你的这个条件我可以答应。"

(国王 K 未能想到,他为自己埋伏下的究竟是什么。他之所以叫丽王妃的使女成为替身 K 的女人,是想在替身 K 的身侧潜伏一个可靠可信的身边人,而选择另一个宫女,目的当然基本相同,而且这两个女人之间也可相互监视。他所忽略的是,丽王妃的使女其实与丽王妃的关系更近。当然这些都是后话,在这时它还属于不会发芽的种子。)

"你可以带她们出宫。在出宫的时候,她们可以使用王妃的仪仗,以及一切相关的待遇。你是需要出一次远门了。我考虑很久,决定要你去一趟……"

替身 K 的出行可以略下不表,不断有密信传进王宫,国王 K 对他的行踪与表现可谓了如指掌——替身 K 表现得像一个素质良好的国王,遵循着一切国王 K 所制定的规矩,即使他手握虎符、面对万马千军和众多将士的效忠的时候。"尊敬的、光荣的、伟大的国王,您尽可以放心,替身 K 不会出现什么问题的,他的出身决定他不会具备您那样的气度和雄心,不会有忤逆的想法,即使他拥有了所有条件,即使他的身后站着数万兵士而您的身侧只有几个侍卫和老臣们。他的怯懦是骨子里的,能威吓住别人,但在您面前,在尊敬的、光荣的、伟大的国王您的面前,他立刻会变身为小小的、不知往何处逃遁的老鼠……"

"你有这样的笃定?"国王 K 盯着 B 侍郎的脸,"你说,如果他再也看不到你了,会有怎样的想法? 是会恐惧,还是会庆幸?"

B 侍郎再次感受到强劲的凉风吹过自己的脖子,锋利得就像是一把刀。"尊敬的、光荣的、伟大的国王……"国王K摆摆手:"我承认你为我找了一个好替身,这段日子,我的噩梦明显减少很多,有一次,我竟然听见自己打着那么厚重的鼾,这在以前是不可想象的。不过,"国王K向前欠了欠身子,从他记事开始他就从未和谁这样推心置腹过,"你想过没有?自从有了他,有了能替代我外出的人,我就更不能走出这座王宫了。我有那么大的疆土,可是容许我活动的范围却只有这么大,这么大。"国王K用手指比量了一个狭小的范围,他看上去有些黯然。"当我明白这个道理的时候,我就想把你杀掉。不过你也放心,我只是想一想。"

"尊敬的、光荣的、伟大的国王……"

"我说了我只是想想。对了,听说,你有记录了什么事就把它团成团丢进纸篓的习惯?我建议你还是改一改。万一有什么你不想让别人知道更不想让我知道的事呢?哼!"

从王宫返回,B侍郎精神极为恍惚,他感觉自己的魂魄早已离开了躯体,坐在轿子里颠簸着返回的不过是一个空荡荡的壳,就像是挂在树枝上的蝉蜕。睡至半夜,离开的魂魄才一点点地返回,带着血液的碎片和骨骼的碎片进入

274

他的梦里,让他大叫着骤然醒来,而他的妻子看上去远比他惊恐。"你怎么啦?"

"没事。做了一个梦。"B侍郎擦着脸上的汗,"对了,你最近,翻没翻我书房里的纸篓,看没看到过我写的……""写的什么?""算啦,我自己去看看吧,你先睡。""你不让我动你书房中的东西。我和你一起去找?""不用了。你不要去。"

B侍郎端着灯,在纸篓中翻拣,将那些旧纸片一一重新展开。天色慢慢发白,灯光则变得越来越暗,越来越弱,窗外有了细细的人声。B侍郎坐在地上,他觉得自己就像进入冰窟,就要被从脚底下蔓延上来的寒气给冻僵了。

时间如过隙的白马,转眼间,替身K来到王宫已经五年。在此期间,那位不知名的宫女为替身K生下了一个儿子,国王K想了想,他和替身K商量:这个孩子在王宫里出入显然不太合适,而一直在地宫里秘密成长也势必会影响到孩子,不如交给他,他为替身K的儿子安排一个好去处。"你可能不能再见他。不过我向你保证,他会获得你所意想不到的好生活,我会在京城赐他一处大宅院,享受王子们的待遇。"替身 K 和宫女一起跪倒,自是感激涕零——这是国王 K 为自己埋下的又一错误,同样这依然属于后话。

五年里,替身 K 曾多次替代国王离开京城,最远的一次直到库立池,与 C 国交界的地方。在那里,替身 K 替代国王视察了他的将士,并与 C 国派出的大使举行会盟。国王 K 至少暂时地卸下了一块悬着的巨石,要知道与 C 国之间的连年征战让他颇感疲惫和焦虑。而返回京城的路上替身 K 遭遇到刺客,随行的侍卫们、大臣们、官兵们自然拼力营救,三名刺客不过小小的瞬间便成了不断冒着鲜血的刺猬。还有一次出行,替身 K 行至半途,他发现一处破旧的宅院,伸出墙外的桃花开得实在鲜艳而炫目,替身 K 和身边的侍卫商量一下便命令大队停下,他和两名侍卫进入院子。满院的桃花,满院的淡淡的香,替身 K 顿感心旷而神怡,就在他站在桃花之下闭目呼吸的时候,一支冷箭从窗子里面射出来——机警的侍卫奋力向前,箭刺进了侍卫的胸口,他倒下去,伤口处涌出的是一股股黑色的血。

替身 K 为此受到了重罚。随后是血雨腥风,朝堂上的大臣们、侍卫们一个个都像秋夜里爬不到树上的蝉,他们努力闭住呼吸,生怕哪场雨、哪阵风把自己吹走。

276

"你们，一个个，都想把我害死。你们的心早已被毒蛇盘绕，你们本身就是毒蛇！""你别装啦，我早就知道是你啦。你口口声声说愿为我分忧愿为我肝脑涂地，哼，以为我不知道你想什么！现在我不杀你，不过是……"

替身K有节奏地敲打着桌子。他使用的是国王K的一贯表情。B侍郎咬咬自己的嘴唇，他将自己咬出了血：现在，坐在那里的是国王K还是替身K？这个人究竟是谁？

时间如过隙的白马，国王K的几个儿子也在慢慢长大，他们已经到了有自己意志的年龄，到了可以在国王K的面前说谎和使用三十六计的年龄，到了可以用种种的手段谋害他人的年龄，何况，见风使舵的官员们也悄悄丰满着他们的羽翼。国王K需要注意他们，观察、审视和警告他们，这，耗去国王K不少的心思。不止一次，国王K当着丽王妃的面斥责丽王妃所生的儿子"无所作为、不知廉耻"，"真不知道你以后怎么活"。若不是丽王妃深得国王K的喜爱，这个越来越边缘的儿子真不知道将是什么结果。"学学你的诚哥哥、宏哥哥，看他们是怎么做的！"

国王K并没有意识到，自己对这个儿子的训斥，给自己带来的将是什么。他怀疑着一切的一切，对所有的人都不信任,而唯独没有怀疑过自己。

时间如过隙的白马,我再重复一下这句话,它除了表达时间的迅捷、不知不觉地消逝,还有暗流和重量。替身K来到王宫的第六年,中秋。那一年风调雨顺,河清海晏,四海升平,至少上报的奏折中是这样。国王K有着极为良好的兴致,他喝过酒,听过歌,来到丽王妃的住处。一番云雨之后,丽王妃忽然提到自己的使女:"尊敬的、光荣的、伟大的国王,我已经很久没有见到她啦。哎,也不知道她现在……"好兴致的国王K经丽王妃提醒,他也想起了替身K——"这个晚上,我应当赏赐他才对。走,我去看看他。"

国王K来到曲折、幽暗的地宫,他叫侍卫和宫女摆上酒,然后叫来替身K。"今天已是中秋。来,我们两个喝两杯。或者说,我和我自己喝两杯。"国王K命令替身K穿好衣服,"若不是你不能……我都想叫乐师在我们一旁弹奏。告诉你,我也是难得,有这样的好兴致。"

一杯,一杯。那天国王K在地宫里完全是另一个人,他的口里简直装着一条奔腾不息的河,滔滔不绝。他和替身K说:"现在我都羡慕你了,你可以到处走走,可以见到很多的人,然而真正的国王却被自己囚禁在王宫里,真是

278

荒谬，真是可笑。我有那么大的疆土，有那么多的土地和子民，然而又是那么地虚幻，我这个光荣的、伟大的国王其实只能占有王宫这么大的一块地儿。其余的部分，都是你的，都是你的！不过我不允许你去染指，不允许你有半点的破坏，你，要知道自己是谁，知道自己的本分。如果我发现你有半点的不规矩，我一定会毫不犹豫地除掉你的，就像杀死蚂蚁和蛐蛐那样。我还要将你的家人秘密清除掉，一个也不留。"

替身K诚惶诚恐地听着，这些在他耳朵里已长满了茧的话已让他麻木，那种诚惶诚恐完全是惯性而已。一杯，一杯，国王K已微醺，他告诉替身K，自己一直保持着警觉，提防着别人的加害，现在有了替身，他的确感觉那种惶恐感小了很多，它获得了一些稀释。"但我知道，我不可有半点儿的放松。半点儿，都是致命的。我必须对周围的一切了如指掌。"

间隙中，替身K突然提到自己和宫女的孩子："尊敬的、光荣的、伟大的国王，我真是罪该万死，这本不是我应当打听的，可是我还是有所牵挂……"国王K愣了一会儿："哦，没事。他很好，都……开始读书啦。我叫人为他找了个好先生。"

一杯，一杯。国王 K 的兴致渐渐散去。他准备起身，这时丽王妃的使女——替身 K 的女人端来一杯香气沉郁的茶——"尊敬的、光荣的、伟大的国王，请您喝下这杯专门为您准备的茶吧，它既可以醒酒，还可以安神。"

侍卫从杯子里倒出少许，饮下。国王 K 看了他两眼，然后将杯里的茶水一饮而尽。"嗯，不错。"

他起身想要离开，可是突然感觉一阵莫名的晕眩。

国王 K 醒来的时候已经是深夜。他发现自己竟然还在地宫里，更让他惊恐的是，他发现自己赤裸着，手和脚都被什么东西绑住了。"尊敬的、光荣的、伟大的国王，您终于醒啦。"国王 K 睁大眼睛——替身 K 和 B 侍郎正坐在椅子上，两个人，分别端着一只茶杯。"放开我，"国王 K 的喉咙里仿佛塞满了沙子，"你们把我放开。"

"尊敬的、光荣的、伟大的国王，我们不能放开您。放开您，我们就只有死路，就只有痛不欲生。若不是丽王妃希望知道您临终时的遗言，希望了解一些她始终想不透的事的话，您不会再醒过来的。"

"你，你是说，你们的叛乱她也参与了？"

"是的。当你准备罢黜她的儿子将他赶到边地去的时候就应当想到。如果不是她的谋划配合，这个结果很可能会晚许多年出现，甚至永远也不会出现。"

"B侍郎，你，你怎么能……亏我这么相信你，平日里对你不薄，你，你竟然处心积虑地害我！"国王K的目光转向替身K，"是我，让你有了荣华、荣耀和富贵，让你有了这一切，你怎么能这样待我！"

"我们当然能。"B侍郎将两个侍卫招呼到身侧，"不只是我们能，他们也能。我们都过够了提心吊胆、从未得到过信任的日子，我们的每天都像行走在刀尖上一样，而这，都是您所赐予的。"

"而您，还害死了我的孩子。"替身K站到国王K的面前，"我早早就猜到了，我当然能猜到这个结果，我们都猜得到。但我还是有那么一丁点儿的幻想——您知道刚刚您对我说谎的时候我有多恨您。现在应当是您付出代价的时候了。"

"我，将是国王K——我早就是了，没有人当我不是。明天早上，这个国家里将只有一个国王K，他从来没有过替身，也不需要替身。尊敬的、光荣的、伟大的国王，我们也感谢您的多疑,在您的王妃中只有丽王妃知道有一个替身的存在,大臣中只有 B 侍郎知道有一个替身的存在。不会有任何麻烦等着我们,明天,将是一个没有您的开始,您,连这座王宫也要失去了。"